文芸社セレクション

猫人《ねこびと》のくに　幻妖国

内川 典久

UCHIKAWA Norihisa

文芸社

目次

猫人《ねこびと》のくに　幻妖国　第一部　猫人《ねこびと》の裁判 …… 9
猫人《ねこびと》のくに　幻妖国　第二部　犬人国来襲《いぬびとこくらいしゅう》 …… 17
一・犬人来襲 …… 18
二・聖女アデリン …… 19
三・キヨリン王子と聖女アデリン …… 22
四・犬人軍上陸《いぬびとぐんじょうりく》 …… 24
五・首《くび》なし馬と人面馬《じんめんうま》 …… 26
六・攻撃開始 …… 28
七・決闘 …… 30
八・女王救出 …… 32
九・会議 …… 33
十・奇跡はおこった …… 34
十一・勝利 …… 36
十二・アデリンの十二戒《かい》 …… 37
十三・終章 …… 39
猫人《ねこびと》のくに　幻妖国　第三部　一目国の復讐 …… 43

プロローグ……44
一・黄金島《こがねじま》……44
二・サガリン、王となる……45
三・南の島のアデリン……47
四・コロリン論争……48
五・ホウリンあらわる……48
六・閲兵式《えっぺいしき》……50
七・一目艦隊……52
八・アクンバとマリリン　その一……53
九・アクンバとマリリン　その二……54
十・アクンバとマリリン　その三……55
十一・アクンバとマリリン　その四……57
十二・決戦！　猫人軍対一目軍……57
十三・作戦会議……59
十四・怪京大空襲……60
十五・さらばアクンバ……61
十六・マリリンの『キッズ・ガード』……64
十七・ふたたび勝利……66

十八・一目王……67
十九・苦悩するサガリン大王……69
二十・祈り……70
二十一・ひとりになったマリリン……72

猫人《ねこびと》のくに　幻妖国　第四部　アデリンの生涯……73
はじめに……74
一・アデリンの誕生……74
二・聖者クモリンの予言……76
三・少女アデリン……78
四・王の帰還……80
五・ノネズミかぜ……82
六・アデリン救出……83
七・アデリン大夏島へ……85
八・南の島のアデリン……86
九・アデリン、修行を始める……86
十・ガルリン二世の死……88
十一・ガルリン二世の国葬……89

十二・しっぽを切られた仔猫 91
十三・アデリンの奇蹟 92
十四・女王ルナリンの使者 93
十五・クモリン、都へ行く 94
十六・アデリン、説教を始める 95
十七・女河童ネネ 96
十八・人魚姫ミミ 97
十九・ノネズミかぜ終息 101
二十・クモリンとの再会 102
二十一・犬人国来襲 103
二十二・一目国の復讐 105
二十三・クモリンの死 106
二十四・大ききん 108
二十五・アデリン、終末を予告する 112
二十六・アデリンの十二戒 113
二十七・アデリン、ついに倒れる 117
二十八・サガリン王、大夏島へ 119
二十九・アデリンの死 122

三十・アデリン、天国へ……124
三十一・アデリン葬送曲……125
猫人《ねこびと》のくに　幻妖国　第五部　幻妖創世記……127
一・宇宙のはじめ……128
二・変化《へんげ》の園《その》……133
幻妖国関係史年表……137
河童と少女……141
妖怪について……151
猫の妖怪について……155
一・ことばをしゃべる猫……156
二・つばさのある猫……157
あとがき……159

猫人《ねこびと》のくに　幻妖国

第一部　猫人《ねこびと》の裁判

これは、地球の地下にある「幻妖国《げんようこく》」という、幻妖奇怪《げんようきかい》な妖怪《ようかい》のくにの物語です。

この妖怪世界は、偉大な母なる女神《めがみ》、「ホウリン」という、それは美しい女神がつくったのです。

今では幻妖国には、神々と人間、妖怪、幽霊《ゆうれい》、山人《やまびと》、そして幻妖国の先住民、猫人族《ねこびとぞく》が住んでいます。

猫人というのは、二本の足で立って歩く猫で、背中につばさがあり、空を飛ぶことができます。とても頭がよく、ことばをしゃべります。

猫人は、平和を愛する猫たちで、インカ帝国と同じか、それ以上の文明をもち、平和にくらしていましたが、地上からやってきた人間たちによって、殺されて、数が大きくへってしまいました。

これは、遠い昔、猫人がたくさんいたころのはなしです。


ある秋の昼下がりのことです。猫人の裁判長タマリンは、裁判長室のまっかなきのこでできたいすにすわって、パイプたばこをくゆらせていました。

タマリンは、まだ若いくろ猫です。

一人の判事が、書類をもってきました。

「裁判長、本日開廷予定の裁判が二件ありますが、体調はいかがですか?」

「大丈夫。やりましょう」

タマリンは、法廷のいちばん高いところにすわりました。部下がもう四十人ばかり、席についています。たぬきのモリンジ博士も、席についています。人間の十三歳の町むすめ、おそでもいました。

そこへ、猫人の警官に引っぱられて、背の高い黒白のオス猫がやってきました。

三毛《みけ》猫の判事が、よみ上げました。

「カリリン。四歳。幻妖紀元《げんようきげん》六六三二年七月二十日、戦争をおこす計画で、ナイフを十本、所持していました」

裁判長、タマリンは言いました。

「まちがいないか」

狩人《かりうど》のカリリンは、

「そんな、身におぼえのないことですぜ。あっしは、狩人です。うさぎ狩りをしようと思って、ナイフを用意しました」と容疑を否認しました。

「モリンジ博士。どう思われますか？」

茶色いチョッキをきた、たぬきのモリンジ博士は、証拠品のナイフをじっくり見ていましたが、

「猫人が狩りに使うナイフなら、猫の肉球《にくきゅう》のマークがついているはずです。このナイフには、ありません」と言いました。

カリリン被告は、「そうだ！　あの日は、あっしは、料理をしてたんだ」と言いました。

タマリンは、

「料理研究家のおそでさん。これをどう思いますか？」

おそでは、

「十本とも同じ刃ものですから、料理に使ったのではないと思います」と言いました。

そのとき、小さな仔《こ》猫が、

「ぼく、見たよ！　そのおじさん、十本のナイフを棒のさきにつけて、十人の猫人に持たせて、イチ、ニ、サン、て、番号をとなえてたの！」

「カリリンさん、それは本当ですか？」とタマリン。

「うそだー！」

猫人たちは、「それが本当なら、大変なことだ。女神ホウリンさまのおきてで、猫人は絶対に戦争してはいけないことになってるんだからな」とざわめきました。

「わたしも見ましたよ！」

「あ、あなたは精神科の名医、アセリン博士！」

「わたしも、その黒白のおにいさんが十人、猫人をあつめて、一、二、三、とやってるのを見ましたよ」

「カリリン！　まちがいないか？」

「まちがい……ありません」

「判決！　被告カリリンを有罪とし、つばさを切り落として、大雪島血走流刑地《おおゆきしまちばしりるけいち》におくることとする！」

カリリンは、猫人の警官に、引っ立てられていきました。

つぎは、白い小さな年をとったメス猫です。

「サキリン。十五歳。幻妖紀元六六三一年九月十三日、人間の信じるジゾウ・ボサツの像《ぞう》をつくって、おがんでいました」

猫人たちは総立ちになって、

「なんだって!?　ホウリンさま以外の神をつくっておがむなど、もってのほかだっ!!」

「冒涜だ！　冒涜だ！　ホウリンさまへの冒涜だ！」とわめきました。

「静粛にっ！」トン、トン。

「サキリン。まちがいないか？」

「まちがいありません」

「判決！　被告サキリンを有罪とし、つばさを切り落として、大雪島血走流刑地に……」

「まって下さい、裁判長！　この女は看護師で、病院が火事になったとき、二十一匹の仔猫を救出したそうです！」

何人もの猫人が目撃したので、まちがいないだろうということになりました。

法廷は、二十一匹の仔猫の命は尊い、それに、年をとったご婦人を島流《しまなが》しにするのはかわいそうだ、ということで一致しました。

「判決！　被告サキリンは、無罪……」

「いけません！」

法廷に、神々《こうごう》しい女の声がひびきわたりました。女神ホウリンがあらわれたのです！

「ホウリンさま！」

猫人たちは、いっせいに叫びました。

サキリンは、耳をたおしてキバを出して、

「フーッ！」と、ホウリンを威嚇しました。

「わたし以外の神をつくったり、おがんだりしてはいけないと、あれほど言ったはずです！」

ホウリンは、怒りました。

「し、しかし、ホウリンさま！　この女は、二十一匹の仔猫を、たすけ……」

「おだまり！　お前たちの神は、このわたしだけだ！　わたしは、しっとぶかいから、わたしと同時にほかの神を愛することは、許さない！」

ホウリンの指さきからイナヅマが！

「ギャーーッ！」

サキリンは、焼け死んでしまいました。

一同《いちどう》は茫然としていましたが、やがて、一人の猫人が、

「ホウリンさま、ばんざーい！」

と叫ぶと、猫人たちはみんな、

「ホウリンさま、ばんざーいっ！」

と叫んで、歌って踊り狂いました。

「善悪《ぜんあく》というものは猫人や人間には、わからないものなのです」

ホウリンはそう言うと、妖怪世界の天国へ帰って行きました。

『ホウリンのうた』
母なる　女神　ホウリンよ
あなたは　誰より　美しい
偉大な　女神　ホウリンよ
あなたは　誰より　愛らしい
かしこき　女神　ホウリンよ
あなたは　誰より　あでやかだ
やさしき　女神　ホウリンよ
あなたは　誰より　うるわしい

猫人《ねこびと》のくに　幻妖国

第二部　犬人国来襲《いぬびとこくらいしゅう》

一・犬人来襲

　今からおよそ七千年前のある夏の朝のことです。妖怪と猫人のくに、幻妖国の花のみやこ、怪京《かいきょう》のルナリン宮殿で、猫人の女王ルナリンは、南の国、女人国《にょにんこく》のめずらしい鳥、三つ目インコに、はこべを食べさせて、ほほえんでいました。

　ルナリンは、まだ生後十ヶ月の少女。

　人間でいえば、十代の若さでした。

　側近《そっきん》のゲルリンが、かおいろをかえて、やってきました。

「女王さま！　大変です！　犬人国の大艦隊がわが幻妖国に向かっています！」

「なんですって!?　今すぐ指導者を招集しなさい！」

　七十七人の大臣と、四十人の長老が集まりました。

　犬人国は、大ききんで、猫人の国を侵略して、猫人たちを食べるつもりらしい。

　しかし、猫人たちの女神、ホウリンは、いつも、戦争してはいけない、と言っています。

　どうやって国を守るのか!?

「猊下《げいか》、いかがいたしましょう？」

　白いりっぱなひげを生やした、よわいもわからぬほど年老《としお》いたクモリン猊下は、

「アデリンを呼ぶことじゃ」と言いました。

「アデリン？　神の聖女だという、あのメス猫ですか？」

「さよう。この危機を救えるのは、彼女だけじゃ」

「そんな！　あの女は、まだ一歳の小むすめで、おまけに小学校もろくに行っていないらしいですよ」

「いや、あの娘《こ》は、すばらしい人だ。人間にしっぽを切られた仔猫がいて、アデリンが祈ったら、しっぽが生えてきたそうだ」

「とんでもない！　あの女は、とんだくわせ者だ！　太陽の神のすがたをえがいた木の板をおがんでいる、耳のきこえない猫人の老《ろう》ばを、自分が住んでいる洞《どう》くつにおいて、毎日、妖怪もちを食べさせているそうだ」

「なんてわるい女だ！　ホウリンさま以外の神をおがむやつなんか……」

「それでも神の聖女か！」

「まあまあ、クモリン猊下が、こう言われるんだ。今は、非常事態だ。アデリンとやらを、呼んでみよう」

　暑いあつい南の島、大夏島《おおなつしま》から、アデリンが招かれる。

二・聖女アデリン

アデリンは、たった一人で、鉢《はち》をあたまにのせて、歩いてきました。

かの女は、金目銀目《きんめぎんめ》の、白い若いメス猫で、後光がさしていました。

宮殿のとびらがひらき、アデリンが入ってくると、あまりにアデリンがうつくしいので、オス猫たちは、思わず「おお！」と叫びました。

ルナリン女王は、「そなたが、アデリンか？」とたずねました。

「そのとおりです」

「その鉢は？」

「これが、わたしの全財産です。これで、かおをあらって、ご飯を食べるのです」

「それが、そなたの全財産？」

「生まれたとき、わたしははだかでした。死ぬときも何ももって行けません。わたしのものは、全部女神ホウリンさまが下さったものです。ですから、ホウリンさまはそれを取り上げる権利もおもちです。しょせん、猫人はホウリンさまが木をほっておつくりになった、木ぼりの人形から生まれたもの。死ねば、木にかえります」

猫人たちは、ざわめきました。

「一歳の小むすめのことばとは思えないな」

「ほんとうに小学校も出ていないのだろうか」

「やっぱり神の聖女じゃないだろうか」

（アデリンは猫ですから、一歳といえば、人間でいえば二十歳《はたち》ぐらいです）

ルナリン女王は、言いました。

「さあ、アデリンよ、ホウリンさまに祈りましょう」

「はい」

アデリンは、ひざまずき、手をあわせ、目をとじて、祈りました。

「ホウリンさま、偉大な母、万物の創造主、全能者《ぜんのうしゃ》ホウリンさま、みこころをおきかせください。犬人国の戦士が、攻めてきました。たたかうべきでしょうか？　やめるべきでしょうか？」

猫人たちは、みんな、「ホウリンさま！」と祈りました。

女神ホウリンが、雲にのってあらわれました。

ホウリンは、髪を、みづらにゆっています。

（みづらというのは、古代日本の、男性の髪型です）

ホウリンは、言いました。

「たたかいなさい。わたしが、戦争してはいけないと言ったのは、猫人どうしのことです。あなたたちが犬人たちに食べられたら、国はほろびます。さあ、勇気を出してたたかうのです！　必ず勝ちます！」

七十七人の大臣は、会議の結果、軍隊を創設することにしました。

猫人は、空が飛べるので、弓矢か石をもてば、空軍になります。

ヤマリンが、空軍司令官に任命されました。

犬人は、空を飛べないので、こちらのほうが有利だろうと、猫人たちは、はなしあいました。

三・キヨリン王子と聖女アデリン

アデリンは、宮殿の大理石のかいだんに、こしかけました。

ルナリン女王のおさないおとうと、キヨリン王子が、そのとなりにすわりました。

アデリンは言いました。

「この国《くに》には、いろんな子どもたちがいるわ。あたしは、毎日、子どもたちからの相談のてがみをよんで、へんじをかいているの」

キヨリン王子は、言いました。

「おねえちゃん、いろんな子ってどんな子がいるの？」

「全国の猫人や妖怪の子どもたちだけじゃなくて、全世界の妖怪の子どもたちよ。人間の子もいるわ」

「人間の子ども？」

「いろんな国のいろんな時代の子どもたちよ。あたし、過去や未来に行ける伝書《でんしょ》ばとをかってるの。二十一世紀の日本の子どもからも、てがみがきたわ」

「二十一世紀？　日本？」

「今から七千年もあとの人間の国よ」

聖者アデリンは、ことばをつづけました。

「こんな子がいたわ。十三歳の中学生の女の子でね。神奈川県の、立花《たちばな》さやかちゃんていうんだけど、小学生のときから算数がとくいで、お父さんもお母さんも期待してたんだって。その子のお父さんは有名な数学者で、ご両親は、その女の子をお父さんみたいなりっぱな数学者にしたかったらしいの。小学生のときは、国語も、社会も、理科も優秀で、友だちもたくさんいたんだって。でも、その子、音楽がぜんぜんダメで、中学になると、歌がへただってみんなに莫迦《ばか》にされて、いじめられてのけ者にされてとうとう口をきいてくれる子は一人もいなくなっちゃったんだって」

「ふうん。かわいそうな子だね」とキヨリン王子。

「それで、その子は学校に行けなくなって、毎日、家で、『過去にもどりたい』って、おもってたんだって。その子から、『過去にもどりたいんですけど、どうしたらいいですか？』って、てがみがきたの」

　キヨリン王子は、

「それで、なんてこたえたの？」

「過去にもどったことがある人のいる家をさがして、そのうちからお茶づけをもらって食べなさい。そうすれば、過去にもどれるわよ。ってかいて、へんじを出したの。その子は、あっちこっちの家へ行って、過去へもどった人は、いませんかって、きいたんだけど、いないわよね、そんな人。やっとその子も、過去へ行けない、ってわかったみたい」

「それで？」

「その子、まだ学校に行けないんだけど、家で本をよんだり、絵をかいたりいろいろやってるみたい」

「ふうん」

四・犬人軍上陸《いぬびとぐんじょうりく》

「犬人が来たぞー！」

「大変だ、犬人の戦士たちが攻めてきたぞー！」

海辺の漁村に、犬人軍の軍艦がたくさんやってきて、犬人の戦士がつぎつぎに上陸してきました！

逃げまどう村人！

犬人は、弓矢をはなち、猫人たちをつぎつぎに殺しました。

そのとき、ラッパの音がたからかになりひびき、一人の猫人が飛んできました。

ヤマリン空軍司令官《くうぐんしれいかん》だ！

「幻妖国空軍航空部隊《げんようこくくうぐんこうくうぶたい》、まいれー！」

「オーッ！」

「ものども、やっちまえ！」

つばさで空を飛ぶ猫人たちは、手に手に石をもって、犬人兵の上からおとして、やっつけます。

「うわーっ！」

犬人兵たちは、必死になって弓矢をはなちます。

「ギャーッ！」

何人も猫人兵がうちおとされましたが、犬人兵たちは、つぎつぎに石の下じきになりました。

「ざまあみろ！」

「どうだ、犬人ども！　降伏しろ！」

そのとき、絹をさくような女の悲鳴が！

「たすけてーっ！」

「あれは！」

グラグラと煮立《にた》った大ナベの上に、猫人の女の子が両うでをしばられて、吊るされています。

女王ルナリンだ！

刀をもった犬人が言いました。

「ハッハッハ！　おれは犬人国陸軍大将《りくぐんたいしょう》ケンガイだ！　お前たち猫人軍兵士がつばさを使わず、地上におりてたたかうなら、お前たちの女王はかえしてやる！」

「おのれ、ひきょうな！」

ヤマリンは、

「やむをえん！　戦況は有利だが女王のいのちにはかえられん。地上におりる！」

「クソッ！」

猫人の兵士たちは、地上におりたちました。


猫人の軍人たちは、会議をひらきました。

「どうしよう！　猫人は足がおそいし、地上戦じゃわが軍は不利だ！」

「アタマをつかえ、牧場《ぼくじょう》に、田畑をたがやすためにつかっている首《くび》なし馬《うま》と人面馬《じんめんうま》がいるだろう。あれを軍用馬《ぐんようば》としてつかうんだ！」

「そうだ、軍用馬だ！」

幻妖国陸軍ができました。

ダヤリンが、陸軍大臣《りくぐんだいじん》に任命されました。

ダヤリンは、背の高いかっぷくのいいくろ猫でした。

五・首《くび》なし馬と人面馬《じんめんうま》

猫人軍兵士たちは、放牧の首なし馬と、人面馬をつれて来ました。

首なし馬は、サラブレッドの首を切り落としたようで、生きています。

人面馬は、ポニーぐらいで、かわいい少女のかおをしていて、長い髪をしています。

ダヤリン将軍は、人面馬の髪を、一頭一頭、みづらに結《ゆ》いました。

猫人兵たちは整列しました。

ダヤリン将軍があらわれました。

「気をつけ！」

「敬礼！」

「諸君！　自分が幻妖国陸軍、ダヤリン将軍である！　作戦を説明しよう。これが犬人軍基地の図である！　ごらんのとおり一階立てである。犬人は、昼行性《ちゅうこうせい》である。したがって、夜はねている。深夜に夜襲《やしゅう》をかけ、まず人面馬部隊が正面から攻めこむ。ポニーぐらいの人面馬に、小柄《こがら》な兵士がのって攻めこむのだ。それを見た犬人軍兵士はゆだんするだろう。かれらが応戦しているすきに、背後から首なし馬部隊がさいごの総攻撃をかける。首のない馬を見た犬人兵は、ビックリするだろう。おどろいた犬人兵を、みな殺しにするのだ！」

「おーっ！」

「今夜深夜二時、犬人軍基地へむかって出発する！　諸君の勇戦《ゆうせん》を期待する。以上だ！」

「ダヤリン将軍閣下に敬礼！　かしらーなかっ！」

猫人兵たちは、ねむりにつきました。

兵隊たちのゆめに、ホウリン女神があらわれました。

ホウリンは、兵士たちをはげましました。

「男らしく勇気を出してたたかえ！　必ず勝つぞ！」と、ホウリンは男ことばで言いました。しかし、その声のなんとかわいらしかったことか！

六・攻撃開始

深夜二時、猫人陸軍は進軍を開始。弓矢をもった兵隊のあとに、おのやかま、くわをもった兵隊がつづきました。

犬人軍基地へむかうとちゅう、ダヤリン将軍は、やみの中に光を見ました。

「おや？　あれはなんだ？」

見ると、井戸の中から、しっぽのある、人間のようなものが出てきました。

その井戸は、光っていました。

「あなたは、どなたですか？」

ダヤリンは、たずねました。

「わたしは、この土地の神です。名前は、イヒカといいます。これから、あなたの軍勢《ぐんぜい》にくわわります」

イヒカは、同行することになりました。

イヒカ（井氷鹿）とは、大昔、神武天皇《じんむてんのう》が出会ったという、妖怪神《ようかいしん》（？）のようなものです。

おそらく、その先祖でしょう。

「ついたぞー！」

ダヤリンは、叫びました。犬人軍基地に到着です。ほねのマークの国旗がひるがえっています。犬人たちは、みんなねています。

猫人兵たちは、大きな木づちでとびらをやぶり、人面馬にまたがって、正面から攻めこみました！

「猫人兵だー！」

犬人たちは、とびおきて、戦闘配置につきました。

シューッ！

犬人兵がはなった矢が、猫人兵の体につきささります。

「ギャーッ！」

猫人兵は、落馬して絶命。

きられたうでがとぶ！

きられた首がとぶ！

背の高い歩兵の犬人兵と、ポニーぐらいの人面馬にのった小柄な猫人兵。

互角にたたかうがしだいに犬人軍が優勢《ゆうせい》に。そのとき突撃ラッパがなりひびき、うら口から猫人軍の首なし馬部隊が総攻撃をかける!!

「なんだ、この馬は！」

「クビがないぞ！」

「バケモノだー!!」

恐怖にかられた犬人兵は、メチャクチャに弓矢をうち、同士打ちをくりかえしました。

歩兵ばかりの犬人軍。馬にのった猫人軍。

圧倒的に猫人軍は優位に立ち、とうとう犬人軍四万八千人をみな殺しにしてしまいます。

一万二千人の猫人兵は、名誉の戦死をとげました。

七・決闘

さて、ひきょうな犬人軍ケンガイ大将は、じぶん一人、地下道をとおって、基地の外へ逃げ出しました。

ダヤリンは、叫びました。

「ケンガイ大将！　かかってこいッ！　幻妖国陸軍指揮官ダヤリンがあいてだーっ！」

「オー！　行くぞ！」

ダヤリンはおのをかまえ、ケンガイがりっぱな剣できりかかる！　そしてダヤリンは斧をふりおろす！

「ギャーッ！」

ケンガイのかたから血しぶきが！

「おれの負けだ、ダヤリン。だがな、まもなく大艦隊がやってきて……ゲン……ヨウ……コクは……ほろ……びる……ぞ……」

ドサッと倒れて、ケンガイは息絶《いきた》えました。

「やった、勝ったぞー！　おれが、この手でケンガイを倒したぞー！」

そのとき、ダヤリンのうしろから、吹き矢がとんできました。

ダヤリンの後頭部に、矢がつきささり、ダヤリンは、倒れてしまいました。

「ダヤリン将軍！」

兵士たちがかけよります。

死にかけた犬人兵が、矢をはなったのです。

猫人兵は、その犬人兵を小刀で倒しました。

「衛生兵《えいせいへい》！」

小柄な衛生兵が、ダヤリンのきずをみましたが、首をヨコにふりました。

ダヤリンは、木になってしまいました。

（猫人は木から生まれたので、死ぬと木にかえるのです）

「敬礼！」

猫人兵たちは、敬礼しました。

八・女王救出

「たすけてーっ！」

大ナベの上に吊るされたルナリン女王。

猫人軍兵士たちは、救出に向かいました。

「女王さま！」

兵士たちは、大ナベの火に水をかけて消しました。

大ナベをどかして、ネットを広げ、ロープを切って、女王をついに救出します。

「女王さま、これをおのみ下さい！」

猫人兵がグラスをさし出します。

グラスには、こはく色ののみものが入っています。

「まあ、ありがとう。ところで、これはなに？」

「はっ、むぎ茶であります！」

「おねえちゃーん！」

「あっ、キヨリン！」

　おとうとのキヨリン王子が側近たちとやってきて、ルナリン女王はキヨリン王子を抱きしめました。

　喜んだのもつかのま、そこへわるいニュースが入ってきます。

　側近のゲルリンが、ルナリン女王にささやきます。

「女王さま、大変です！　一目国《いちもくこく》と、巨人国《きょじんこく》と、女人国《にょにんこく》が、同盟をむすんで、わが国に、宣戦布告しました！　すでに、三か国の大艦隊が、わが幻妖国に向かっているそうです！」

「なんですって!?」

九・会議

　幻妖国の花のみやこ、怪京のルナリン宮殿で、すぐに、会議がはじまりました。

　七十七人の大臣と四十人の長老。

　そして、弱冠《じゃっかん》十ヶ月（人間でいえば十代）のルナリン女王。

　みな沈痛《ちんつう》なおももち、一人の大臣が重い口をひらきました。

「あの命知らずの一目国と、怪力無双《かいりきむそう》の巨人国と、勇猛果敢《ゆうもうかかん》で知られる女人国が、同盟をむすんで攻めてきたとあっては、もう、わが幻妖国もおしまいです。降伏するしか……」

　ルナリン女王は、涙を流し、

「三千年つづいたわが幻妖王朝《げんようおうちょう》も、わたしの代でおわりか……お父さま……」

ルナリン女王はうしろをふりかえって、亡くなった偉大《いだい》な父王、ガルリン二世の肖像画を、じっと見つめました。

「お待ちください！」

そこへあらわれたのは神の聖女アデリンです。

「わたしから女神ホウリンさまにおうかがいを立ててみます。降伏するかどうかは、そのあとでお決め下さい」

十・奇跡はおこった

幻妖国の最南端《さいなんたん》、尻尾岬《しっぽみさき》。

つばさをひろげ、空を飛んでアデリンがやってきました。

大地におり立つアデリン。

人間世界のタイの僧侶《そうりょ》のような服装。

オレンジ色の衣《ころも》を風になびかせています。

断崖絶壁《だんがいぜっぺき》の上、荒波《あらなみ》がおしよせる。

一目国、巨人国、女人国の大艦隊があらわれた！

それは、水平線も見えない大艦隊でした。

アデリンは両手をあわせ、目を閉じて祈りはじめました。

「おお、女神ホウリンよ。偉大な母、全能者、万物の創造主よ。わたしたちは今、非常な危機に直面しています。どうか、わたしたちを、あわれんでお救いください」

「あーっ、地震だ！」

と、だれかが叫びました。

大地震が、幻妖国をおそいました。

その場にいた人は、立っていられず、しゃがみこみました。

つまずいて、倒れそうになるアデリン。

そして、海から火柱が上がって、一目国、巨人国、女人国の軍艦は、つぎつぎと燃え上がり、全滅した！

「海が火をふいたぞー！」

「何がおこったんだ!?」

猫人たちは、口々《くちぐち》に叫びました。

アデリンは、言いました。

「海底火山が噴火したのです」

しばらくして、地震はおさまり、海はもとにもどりました。

十一・勝利

「バンザーイ！」

花のみやこ怪京の夜空に、花火が打ち上げられました。

幻妖国中の猫人も妖怪も、戦争の勝利を祝して、ちょうちん行列をして歩きました。

ルナリン宮殿では、女王が聖者アデリンを招いて、戦勝祝賀《せんしょうしゅくが》パーティーが行われていました。

背中のあいたまっかなドレスに身をつつんだ女王、ルナリン。

あいかわらずまずしい僧衣をきて、鉢をかかえた神の聖者、アデリン。

ルナリン女王は、言いました。

「ありがとう、アデリン。わが幻妖国が救われたのは、そなたのおかげです。ほうびをあげましょう。車いっぱいの黄金をあげましょう。召し使いもたくさんおいてあげましょう。いや、わが国は、七つの島からなる島ぐに。その島の一つをあげましょう。一生、宮殿で、わたしのそばにいておくれ」

「陛下《へいか》、申しわけありません、おことわりします」

「ええっ!?」

「わたしは、まずしくとも、きよらかな所で、しずかに祈ってくらしたいのです。わたしは、南の大夏島のどうくつへ帰ります」

　さて、ここは、怪京港《こう》――。

『大夏島丸《おおなつしままる》』とかかれた、大きな客船がいます。

　聖者アデリンを、女王ルナリンたちが、見おくっています。船にのりこむアデリン。

「さようならー！」

　木造の客船は、海のかなたへ船出しました。

　ルナリン女王は、会議をひらきました。

　アデリンの生まれた年を、幻妖紀元元年にすることに決定しました。

十二・アデリンの十二戒《かい》

　それから十四年後――。歳月《さいげつ》は流れ、アデリンは老女になっていました。

　アデリンは、大夏島のどうくつで、祈りながら、天地創造《てんちそうぞう》から、幻妖国の歴史、自分の半生のことを書物にかいていました。

『幻妖聖典《げんようせいてん》』と、アデリンは名づけました。

　ある日、ゆめの中に、女神ホウリンがあらわれ、

「竹刀山《しないやま》にのぼりなさい。あなたに伝えたいことがあります」と告《つ》げました。

アデリンは、老体にむち打って、たった一人で、竹刀山にのぼります。

とうとう頂上についたアデリン。

空からうつくしい女の声がきこえました。

「アデリンよ。これからあなたに木の板をさずけます。国民にそれを伝えなさい」

頂上に、大きな桜の木があります。

空は晴れているのに、とつぜん、桜の木に雷がおちました。桜の木が十二枚の板になって地上にちらばりました。その板に神の見えない手がかくように、つぎつぎに文字があらわれます。


わたしホウリン以外の神をおがんではいけません。

神、仏の像をつくってはいけません。

元日は安息日だから、いっさいのしごとを休みなさい。

お父さん、お母さんを大切にしなさい。

戦争、死刑をふくめて、なかまを殺してはいけません。

恋は真剣にしなさい。あそびの恋をしてはいけません。

人のものやお金を盗んではいけません。

私利私欲のためのうそをついてはいけません。

人間がつかう文明の利器《りき》をほしがってはいけません。

人間になりたがってはいけません。

病人、障がい者、老人、女性、子どもにはしんせつにしなさい。

守れない約束をするのはやめなさい。


アデリンは、古代中国ふうの青銅でできたみこしをつくり、十二枚の板をおさめました。『ホウリンの箱』と名づけ、ホウリン教礼拝所に安置しました。

十三・終章

三十年後、アデリンは、四十五歳になっていました。

障がい者、老人、孤児などのせわをしながら、大夏島のどうくつでくらしています。ときどき、ふしぎな力で病人をなおしています。

ところがあるとき、沼でおぼれた仔猫をたすけたアデリンは病気になり、いのちをちぢめてしまいます。

床についたアデリン。

花のみやこ、怪京から、亡くなったルナリン女王のむすこ、サガリン国王がやってきます。母から、アデリンのことは、きいています。

サガリン国王は、

「怪京に行きましょう。医者もたくさんいます。少しはいのちものびるでしょう。りっぱなお墓も立ててあげましょう」

と言いましたが、アデリンは、

「わたしは、この大夏島の大自然の中で、死にたいのです」と言いました。

王さまは船でみやこへかえりました。

アデリンは、弟子に、タンカで大夏島の墓場、『死者の森』に、つれていってもらいました。

死んだこの島の猫人たちが、木になっていました。

アデリンの弟子、障がい者、病人、老人、孤児、まずしい猫人たちと、あらゆる妖怪生きものたちが、かなしそうに、あつまっています。

しっぽから、だんだん木になっていくアデリン。

弟子が言いました。

「アデリンさま、あなたさまがいなくなったら、なにをささえに生きていったらいいのですか？」

アデリンは言いました。

「みことばを灯し火として生きなさい。わたしの一生のことも、幻妖国の歴史も、『幻妖聖典』にまとめておきました。あなたたちがつづきをかきつづけるのです。この世に幻妖国があるかぎり。さようなら」

アデリンは、大木になって、口をきかなくなりました。

号泣する一同。

こちらは花のみやこ怪京、『影の広場』でダヤリン将軍の銅像の除幕式《じょまくしき》がとり行われています。

英雄《えいゆう》になったダヤリン将軍。

軍人たちは敬礼する。

民間人はおじぎする。

少女たちは追悼《ついとう》の歌をうたう。

猫人《ねこびと》のくに　幻妖国

第三部　一目国の復讐

プロローグ

これは、地球の地下にある『幻妖国』という、妖怪と猫人の国のものがたりです。

『犬人国来襲』の事件のあと、猫人たちは、アデリンの名によって祈るようになりました。

そして、そのころ、ある国は、幻妖国への、領海侵入をくりかえしていました。

一・黄金島《こがねじま》

――幻妖諸島黄金島――

この島は、全部、金《きん》でできています。

地上世界の人間たちが言う。黄金の国ジパングとは、ほんとうは、地下の妖怪世界にある、幻妖国のことなのです。


カーキ色にぬられた小型船が、黄金島に近づきます。

「ゴンズミラ（金だ）！」

望遠鏡をのぞいた、見なれない軍服をきた男が叫びました。一目語《いちもくご》（一つ目の人ばかりが住む、一目国という国のことば）です。

「怪しい船だ！」

　近くにいた幻妖国海上保安庁の巡視船が警告します。

「こちらは幻妖国海上保安庁！　黄金島ふきんにいる小型船に告ぐ！　貴船はわが幻妖国の領海に侵入している。すみやかに領海外へ退去されたい！」

　カーキ色の小型船は、弓矢をはなって逃げていきます。平和主義の幻妖国は、手が出せません。

（現代なら銃を使いますが、これは七千年ほど昔のはなしです）

　海上保安庁の猫人たちは言いました。

「ちくしょう、ナメやがって！」

「一つ目のマークがついてた、また一目国の船だ」

「黄金島の金をねらってやがる」

二・サガリン、王となる

　こちらは花のみやこ、怪京（幻妖国の首都）のルナリン宮殿です。

　猫人の女王ルナリンの長男、サガリン皇太子は、テーブルで妖怪世界史の本をよんでいます。側近のゲルリンが入ってきます。

「殿下、また一目国の船が領海侵入しました。今年に入って、五どめです」

「困ったことだ」とサガリン皇太子。

「それから、女王陛下におかれましては、また、お酒をお飲みになって……。今日は、ヤモリ酒のボトルを二びん、あけられました」

「ヤモリ酒を二びん!?」

皇太子は、女王のへやをノックします。

「母上!」

ルナリン女王は、長いすにヨコになって、やけ酒をあおっています。

(女王はまだ三歳、人間でいえば二十代後半であいかわらず美しい)

「アデリン……アデリン……もどってきておくれ、アデリン!」

「朝からずっとあのありさまで……」とゲルリン。

「母上! お酒はほどほどになさって下さい」

「うるさいわね! わたしは、アデリンに会いたいのよ!」

ルナリン女王は、サガリン皇太子にボトルを投げつけました。ボトルはゆかに落ちて、われました。皇太子は、ドアを閉めて出て行きました。

やがて、神の聖女アデリンが去ったことを深くかなしんで、酒におぼれたルナリン女王は、十二月、三歳(人間でいえば二十八歳)の若さで亡くなります。

国葬が行われ、幻妖国はかなしみにつつまれました。

翌幻妖紀元五年元日、サガリンは全幻妖国の王となりました。

元日は、ホウリン教の安息日です。

国民はみな、大みそかまでに妖怪もちをつき、タイやノネズミの料理を用意して、元日は、家の中でゆっくりします。

二日、サガリン王は、『アデリン神殿』とアデリンの巨大な像の建設を命じました。

一年後、幻妖紀元六年一月、神殿と像が、完成します。

三・南の島のアデリン

そのころ、アデリンは、南の大夏島で、病人、障がい者、孤児、老人、そして弟子の猫人たちとなかよくくらしていました。

一人の猫人の女の子がいました。その子は、まわりにだれもいないのに、「うるさいわね！　あっちへ行ってよ！」と言っていました。アデリンが、「あなたは、幻聴がきこえるの？」とやさしく声をかけると、

「ハイ、きこえないようになりたいです」とその女の子は言いました。

アデリンが祈ると、たちまち治りました。

四・コロリン論争

こちらは花のみやこ怪京の怪京大学。

国中から、ホウリン教の神学者が集まって、論争をしています。

「アデリンさまは神だ。この宇宙には、ホウリンさまと、アデリンさまと、二人の神がおられるのだ」

「いや、アデリンさまは、猫人にすぎない。とうとい神は、ホウリンさまただおひとりだ」

「ちがう、アデリンさまは、神であると同時に、猫人でもあるのだ」

けっきょく、アデリンは猫人だが、何千年、何万年に一どしかあらわれない大天才だ、偉大なホウリン教の指導者だ、という、コロリンという神学者の説が正しい、ということになりました。

この論争は、今では『コロリン論争』とよばれています。

五・ホウリンあらわる

――ルナリン女王の死とサガリン王の即位から一年――

元日（ホウリンの日）

サガリン王がアデリン神殿で祈っていると、ホウリン女神があらわれます。

長い髪をたらし、耳輪《みみわ》をつけ、まが玉の首かざりをつけ、桃いろのきものをきています。

「サガリンよ、親をだいじにしなさいといつも言っているではありませんか。なぜ、ルナリンのお酒をとめなかったのです？」

「申しわけありません、ホウリンさま。母上は、アデリンさまを心から愛していました。酒で気がまぎれるならと、つい大目に見てしまって……」

「おろかもの！　それに、なんです？　このメス猫の像は？」

「アデリンさまの像です」

「バカ！　わたし以外の神をつくったり、おがんだりするんじゃありません！」

「しかし、ホウリンさま、幻妖国中の神学者が論争したけっか、アデリンさまは、神ではない、と……」

「やかましい！」

ホウリンの指さきからイナヅマが出て、アデリンの像は、ガラガラとくずれおちます。

「ああ！　二百万幻妖ドルがコナゴナに……」

サガリンは驚愕しました。

「サガリン王！　お前に警告する！　ルナリンを死に追いやった罪と、アデリンの像をつくった罪は重いぞ！　近いうちに、また外国からの侵略がある！」

ホウリンは、そう言うとフッと消えました。

「ホウリンさま！」

サガリン王は、全幻妖国民に呼びかけ、増税し、防衛力を強化します。

六・閲兵式《えっぺいしき》

今日は、閲兵式の日です。

幻妖国の首都圏、近京平野（怪京近郊）の大草原に、防衛陸軍と防衛空軍が集結しています。そして、すぐそばの軍港には、防衛海軍が。

ヤマリン防衛大臣は、あたらしい兵器を、サガリン王に見せて、説明します。

「陛下、陸・海・空、三防衛軍をご紹介いたします」

「ウム」

「これが、防衛陸軍の戦車隊と騎兵隊です。首なし馬の引く戦車が千二百台、人面馬にのった騎兵が一万人おります」

「ほほう、これだけの戦車と騎兵がいると、たのもしいな」

「つづきまして防衛海軍……失礼しました。まだ準備ができていないようです。防衛空軍――」

恐竜のように大きな鳥がクサリでつないであって、そばに大きな岩がおいてあります。

「陛下、ごらん下さい。これが、わが軍がほこる生きた爆撃機、ロック二九です。ロック鳥《ちょう》を飼いならしたものです」

（ロック鳥とは、十字軍がヨーロッパへ伝えた、アジアに住むという巨大な鳥で、あのマルコ・ポーロの『東方見聞録』にも、マダガスカルにいるロック鳥は、ゾウをつかんでおとすほどの力がある、と記されています）

「このロック二九は、ゾウほどのおもさの岩をつかんで、敵にぶつけて破壊します。そして、こちらがオウリュウ―ゼロ型戦闘機です」

（オウリュウ―ほんとうは、おうりょう―応龍―とは、中国の古書、山海経《さんがいきょう》に出てくる、つばさがあって、空をとぶ竜のことです）

ゼロ戦ぐらいの大きさの、首のみじかい、しっぽもみじかめの、ワシのようなつばさのある竜が、ロープにつないであります。

「このオウリュウ―ゼロは、空中を猛スピードでとび、口から強い酸を出して、敵に吐きかけて、とかします」

「これは、すごいな！」

「つづいて防衛海軍――これが戦艦ルナリンです。ガレー船のように、猫人兵がこぐようになっています。四百名ほどの兵士が乗船できます。投石機《とうせきき》と投げやり機が二対ずつあります。おしまいに空母ガルリンです」

「ガルリン？　わたしのおじいさまのガルリン二世からとった名か？」

「さようで――この、空母ガルリンは、弓矢と剣とやりを持った猫人兵――もちろん空をとべます――が七百名乗船でき、ロック二九とオウリュウ―ゼロを搭載できます。これは、究極の戦闘兵器です！」

「すばらしい！　これなら妖怪世界のどこの国が攻めてきても、こわくはないな」

サガリン王は、感動しました。

七・一目艦隊

幻妖国最南端、尻尾《しっぽ》岬沖《みさきおき》――

一目国からはるばる攻めてきた軍艦の上、望遠鏡をのぞいていた、一つ目の兵隊が、つぶやきました。

「いよいよ幻妖諸島か……」

ここは、一目国の艦隊の旗艦の船橋です。

兵士たちはみな、一つ目で背の高いバケモノたちです。

「マクンバ少佐に敬礼！」

小柄な一つ目のマクンバ少佐が言いました。

「モクンバ国王陛下の命令を伝える！　幻妖国の猫人をみな殺しにしてでも、黄金をうばってもちかえれ。勝利か、しからずんば死を一目王国は期待する。勝たずば生きて帰るな！　以上だ！」

つぎは、マクンバ少佐が命令します。

「アクンバ！」

「はっ」

「すぐ、偵察にゆけ！」

「はっ！」

八・アクンバとマリリン　その一

きりっとした体格のいい一目兵アクンバは、小さなボートにのって上陸します。

森の中を一人で歩いていくアクンバ。大きな川（しらほね川）が流れています。

うつくしい猫人のむすめが、はだかで水あびをしています。

見とれていたアクンバは、足をすべらせて、川に流され、モクンバ国王にもらった短剣をなくしてしまいます。

「しまった！」

なんとか岸にはい上がりましたが、道に迷ったアクンバ。のどがかわきますが、川の水は、病気になってしまうので、飲めません。歩いていくと、森の木かげで、さっきのうつくしい猫人のむすめが、井戸で水をくんでいます。アクンバは、自分も猫人の青年に化けて、声をかけます。

「すみません、水を一ぱいください」

「いいですよ」

話をしているうちに、なかよくなる二人。

九・アクンバとマリリン　その二

アクンバは、言いました。

「おどろかないでくれ。おれ、じつは一目国の兵隊なんだ」

「ええっ!?」

「何もしないから、大丈夫さ。おれは、アクンバっていうんだ。きみは？」

「マリリンよ」

「マリリン、おれは、モクンバ国王にいただいた短剣をなくしてしまったんだ。それは、一目国では、とても重い罪になるんだ」

「重い罪？」

「ああ。わるくて公開処刑さ」

「公開処刑!?」

「そうさ。めいわくかけてわるいけど、かくまってくれないか」

マリリンは、森の中の別荘にアクンバをつれていきました。

十・アクンバとマリリン　その三

別荘の中の暖炉であたたまる二人。アクンバは、マリリンにたずねます。

「その、四角くて、たなにならんでいるもの、なんだい？　お菓子かい？」

「あなた、おなかがすいているのね。これ、本よ」

「ああ、本か。本なんて、読んだことないよ」

「どうして？」

「つまらないからさ」

「そんなことないわ。本は楽しくて、心が豊かになるのよ。――さあ、晩ごはんのしたくをしましょう」

食前に、女神ホウリンと聖者アデリンに祈るマリリンを、ふしぎそうにアクンバは見つめていました。食事する二人。

アクンバは、マリリンが首から小さな白い貝がらを下げているのに気づきました。

「その貝がらはなんだい？」

「これ、あたしが発明したのよ。キッズ・ガード、っていって、笛になっていて、これをふくと、仔猫をねらう変質者を撃退できるの。幻妖国中の仔猫に人気の教育玩具よ」

「なんだ、オモチャか」

「幻妖国のヒット商品よ。あたし、これを売って、この別荘をたてたの」

「へえ、すげえなー」

「お酒はいかが？」

「ああ、いただくよ」

ヤモリ酒をのむ二人。おつまみのカエルの丸焼きのびんに手を入れるアクンバ。

「あっ、手がぬけなくなっちゃった！」

「あたしがぬいてあげるわ」

手がスポッとぬけたひょうしに、アクンバはマリリンの上へたおれこみます。

「マリリン、きみが好きだ！」

彼女をだきしめるアクンバ。アクンバは人間の美しい青年のすがたに。マリリンも人間の美女のすがたに。マリリンもアクンバをだきしめて、口づけします。

こちらは一目国の軍艦の艦橋――

マクンバ少佐が言います。

「アクンバのやつ、まだ連絡してこないな、よし、ロクンバ、きさま、偵察に行ってこいっ！」

「はっ！」

十一・アクンバとマリリン　その四

森の中のマリリンの別荘―夜―。

暖炉が燃えさかるへや。

二人は人間のすがたでベッドに横たわっています。

マリリンがささやきます。

「ねえ、アクンバ。あたしもあなたが好きよ。二人で、この別荘でくらしましょうよ。あなたも妖怪でしょう。あなたは猫人の青年に化けて、幻妖国民になりすますのよ」

「ええっ!?　おれの国のおきてでは、異種族《いしゅぞく》を愛してはいけないんだ。おきてをやぶったら、灰にされちゃうよ」

十二・決戦！　猫人軍対一目軍

一目国の艦隊は、幻妖国の尻尾岬ふきんに接近。

いよいよ、猫人対一目人の決戦が始まろうとしていた。

幻妖国防衛軍作戦室――

猫人の軍人が全員、起立している。

細身だが、精悍な顔つきの、くろ猫の軍人が入ってくる。

「諸君！　幻妖国防衛軍作戦室へようこそ！　自分が、防衛海軍クロリン大佐である！」

前のカベに五年前の戦争のようすがうつしだされる。

「幻妖紀元一年七月、わが防衛軍は、首なし馬と人面馬の騎兵隊で犬人軍を撃破した！

これはわが防衛軍が経験した唯一の実戦である！　あれから五年、黄金島近海では一目国の領海侵入が多発し、わが軍は軍備を増強した。そして今日、ついに一目軍が尻尾岬に襲来した！　四年前、わが軍は一目国、巨人国、女人国の連合艦隊の前にたたかうすべがなかった。しかし、今度は、ちがう！　全防衛軍に出動命令がくだった！　ただちに戦闘配置につけ！」

猫人兵たち、敬礼してオウリュウ―ゼロの背中に一人ずつまたがって離陸する。

「全軍突撃せよ！」

オウリュウ―ゼロ編隊をくんで、一目艦隊へ向かって飛んでゆく。

一目兵、望遠鏡で空を見ている。

「敵機来襲！」

船の甲板にせいぞろいした一目兵たちは、いっせいに弓矢を放つ。

その時、オウリュウ―ゼロは、口から強い酸《さん》を出した！

「うわーっ！」

一目軍は不利になったかに見えたが、

「よーし、わが一目軍がほこる秘密兵器をおみまいしてやる！」

一目兵、手榴弾のようなものを矢にくくりつける。

「ノミ爆弾、発射！」

ヒューッ！　矢が飛んでいく。

オウリュウ―ゼロに、矢が当たって、爆発する。

そして、大量のノミが出てくる。

「うわーっ！　かゆい！　かゆい！」

猫人兵は、体をかきむしる。

「ギェーッ！」

オウリュウ―ゼロもかゆがって叫び、つばさをバタつかせ、つぎつぎに墜落する。

「退却！」

十三・作戦会議

幻妖国防衛軍作戦室――

猫人軍人たちは会議をひらきます。

「よわったな。猫人はノミによわい。あんな秘密兵器が一目軍にあったとは。

「ノミ爆弾があるかぎり、オウリュウ―ゼロもロック二九も役に立たん！」

「さすがの幻妖国防衛軍も、手も足も出ませんナ」

「何かいい方法がないかナ」

結論が出ません。

十四・怪京大空襲

さて、こちらは花のみやこ怪京の住宅街　ある晴れた朝——

丘の上のアパートで、一人のセーラー服のかわいい猫人少女が、ベランダで深呼吸しています。

「今日はいい天気ね！　カモメも飛んでな……」

いきなり、巨大な怪物コウモリの大群が飛んできました。

「キャーッ！」

大コウモリは、一目軍の爆撃機でした。ヒューッ！　ドッカーン！　ドッカーン！

大コウモリ、ノミ爆弾投下！　怪京中が火の海になり、かゆみで、ノイローゼになる猫人が続出します。

『怪京図書館全焼』

これは今日とどいた新聞のみだしです。

ここは、しらほね川の川岸の大きな森の中のマリリンの別荘です。

新聞を見たマリリンは、ショックで泣き出します。

「ああ、なんてこと！　怪京図書館は、おじいさまの代からたくさんの本を借りて読んでいたわ。あたしも小さいときから読んで育ったのに！　何千年も前からの貴重な本がたくさんあったのに！　どうして一目国は、こんなひどいことをするの？　あたしたち猫人が何をしたっていうの？」

アクンバも言いました。

「ほんとうにおれも早く戦争を終わらせたいよ。しかし、おれの力ではどうにもならない。ゆるしてくれマリリン……」

十五・さらばアクンバ

怪京の下町、夜――

アクンバは猫人の青年に化けて、大きなリュックサックをせおって、歩いています。

「ああ。今日は、買い出しに行って、おそくなっちゃった。マリリンの大好きなノネズミがたくさん買えたぞ。今夜はごちそうだな。戦争で肉なんて、めったに食べられないからな」

そこへ、セーラー服の猫人少女が、とおりかかります。

むこうから、さかりのついたオスの猫人が、「アオー、アオー」とないて、猫人少女に近づきます。

「キャーッ！」

アクンバは、「コラー！」といって、オス猫をブンなぐろうとします。

その時、猫人少女は、貝がらの笛をとり出してふきます。キッズ・ガードだ。

ブォーゥ！

ものすごい音。アクンバは、その音をきいて、耳をふさいでたおれ、「うわ～、やめてくれー！」と、叫びました。

チカン猫は、逃げてしまいました。

しばらくして正気づいたアクンバ。

「そうだ!!」


あくる朝、森の中の別荘——

めざめたマリリン——

「アクンバったら、とうとう一晩中帰ってこなかったわ」

ポストをあけたマリリン。一通の手紙を見つけます。

「なにかしら……」

子どものように大きなふぞろいな字。マリリンはだれからの手紙か、すぐにわかりました。

『マリリン　ぼくはあなたにつたえたいことがあります　それは　われわれ　いちもくじんは　あなたが　はつめいした　キッズ・ガード（変質者撃退笛）のおとに　よわいということです　これを　あなたにつたえたら　ぼくは　くにをうらぎることになります　おそらく　ぼくは　いきてはいられないでしょう　しかし　ぼくはあなたと　あなたのくにを　すくいたいのです　あなたを　こころから　あいしました　ぼくのぶんも　しっかりいきてください　さようなら　ぼくのいとしい　マリリン　アクンバより』

「アクンバ！」

マリリンは外へ走り出して、しらほね川のほうをじっと見つめました。

森いちめんに、きりが出ています。

顔をおおって泣くマリリン。

こちらは一目艦隊の旗艦――

「マクンバ少佐！　アクンバがもどりました！」

「よーし、つれていけ！」

アクンバは処刑べやにつれていかれます。

「アクンバ！　きさまは陛下からおあずかりした短剣をなくし、そればかりかわが国の国家機密を漏えいし、しかもよりによって猫人のむすめに恋をした！　わが国伝統の公開処刑にしてやる！　おもいしれ！」

「かくごはできています。マクンバ少佐」

目かくしされて、くいにしばりつけられたアクンバ。

弓矢をもった一目兵たちが前に立ちます。

「ねらえ！」

「うてっ！」

シュッ、シュッ！

アクンバの体に矢がつきささる。

灰になってくずれるアクンバ。

十六・マリリンの『キッズ・ガード』

こちらは花のみやこ怪京のルナリン宮殿。

サガリン大王、ナマ演奏のオーケストラの音楽をきいています。

側近のゲルリンが入ってきます。

演奏をやめるオーケストラ。

「なにごとだ、ゲルリン？」

「マリリンという発明家の女性が、ぜひ、陛下にお伝えしたいことがあると……」

「通しなさい」

みどり色のワンピースをきたマリリンが入ってきます。

「陛下、わたしは教育玩具のキッズ・ガードという、仔猫用変質者撃退笛の、発明者マリリンと申します」

マリリンはカバンから、キッズ・ガードを一つとり出します。

白い貝がらの小さな笛。

「このキッズ・ガードは、ふきならすと、猫人や妖怪にとって不快な音を出して、不審者を撃退します。一目人はとくにこの音に弱いことがわかりました。——これを本日、三時にいっせいにならすように、このキッズ・ガードを買った、全国の仔猫たちに命じてください。もしかしたら、一目人に勝てるかもしれません」

「よし、本日三時に、キッズ・ガードを、いっせいにならすように、全国の仔猫にたのんでみよう。——そして、ゲルリン！　ヤマリン防衛大臣に伝えてくれ。防衛軍に出動準備！」

「ハッ！」

「マリリンさん、ありがとう」とサガリン王。

——幻妖国最南端　尻尾岬——

戦車隊、騎兵隊、戦艦ルナリン、空母ガルリン、続々と集結する。

「陸《りく》、海《かい》、空《くう》、三防衛軍、出動準備を完了！　待機せよ！」

――一時……二時……刻々と三時が近づいてきた。

そして、午後三時！　全国の仔猫たちが、北のはて大雪島の仔猫たちも、南のはてアデリンのいる大夏島の仔猫たちも、そして花のみやこ怪京の仔猫たちも、全幻妖国の仔猫たちがいっせいにキッズ・ガードをふきならす！

ブオーウ！

ビックリする一目軍兵士たち。

「ギャーッ！　たすけてくれー！」

耳をふさぎ転げまわって苦しむ一目兵たち。

十七・ふたたび勝利

「とつげきーっ！」

航空母艦、ガルリンに搭載された『生きた爆撃機』ロック二九に、猫人兵が六人またがり離陸《りりく》！

アフリカゾウくらいの岩を持って、一目艦隊へ向かって、飛んでいく。

ロック二九は、敵艦に大岩を投下！　ヒューッ！　ドッカーン！　ドッカーン！

「ざまあみやがれ！」

「くたばれ、一つ目やろう！」

敵艦隊、五隻撃沈、二隻大破。

生き残ったマリンバ少佐たちの軍艦は、一目散に一目国へ逃げ帰る。

「バンザーイ！」

「とうとう勝ったぞー！」

「命知らずの一目人をおれたちの手でやぶったぞー！」


花のみやこ怪京、怪京大学付属小学校――

メスの仔猫が手にキッズ・ガードを持って、とくいげに言いました。

「あたしたち一人一人の勝利よね。あたしも三時に笛をならしたんだもの」

「おれたちもな」

オスの仔猫も、笛を手にほほえみました。

十八・一目王

さて、こちらは海のかなた、一目国のモクンバ国王の宮殿です。

大きな一つ目でキバを生やし、右手に竜の骨でできた笏《しゃく》をもって王座にすわり、水槽に入った片目魚《かためうお》をながめているモクンバ国王。

何人かの一目軍人が入ってきます。

「陛下、一目国海軍、幻妖国方面作戦司令長官マクンバ少佐、ただいま帰還しました」

「よし、わが軍の勝利だな。黄金はどうした?」

「それがその点……わが軍の敗戦です」

「なにィ? 勝たずば生きて帰るなと言ったはずだぞ! キサマ、幽霊か?」

「幽霊ではありません。敵はわれわれ一目人がきらう音波を出す笛を仔猫に持たせていました。それをいっせいに、ふきならしたのです」

「ばか者! なぜ、仔猫どもをみな殺しにしなかったのだ。おい、こやつらをみな火あぶりにしてしまえ!」

「陛下、お慈悲を!」

引っ立てられていく帰還兵《きかんへい》たち。

そこへ、使いの者が来ます。

「陛下! 幻妖国王サガリンより、信書《しんしょ》がとどきました!」

「ナニ……」


一目国国王モクンバ陛下へ、幻妖国国王サガリンより——

今度の戦いは、わが国の勝利でした。

しかし、わたしは、勝利がつらく思われることがあります。

つきましては、貴国の戦犯のおひきわたしを願いたい。

わが幻妖国には、死刑はありません。

わたしは、貴国の軍人をけっしてきずつけたりしません。

そのかわり、黄金をさし上げることはできません。


「なにを申すか！　フン！」


マクンバ少佐たち、杭《くい》にしばりつけられる。

足もとに火をつけられ、火あぶりにされる。

「ギャーッ！」

十九・苦悩するサガリン大王

こちらは幻妖国の花のみやこ、怪京のルナリン宮殿の王のへや——

サガリン大王はイスにすわって、もの思いにふけっています。

側近のゲルリンが入ってきます。

「大王さま！　おめでとうございます。また、わが国の勝利ですね。なにしろわが国には、女神ホウリンさまと、神の聖女アデリンさまがついていますからな。さて、降伏文書の調印ですが……」

サガリン大王は、青くなってふるえています。

「陛下、うれしくないのでございますか？　長い間、領海侵入をくり返していた一目国についに勝利したのですよ！　やっと、戦争が終わったんですよ！」

「ゲルリン、わたしは、また罪を犯してしまった。こんどの戦いでは、敵、味方、双方に多くの犠牲者を出した。それだけでなく、敵の戦犯のいのちも救うことができなかった。そして純粋な心をもった仔猫たちまで戦争にまきこんでしまった。なんということだ……。ああ……。たのむ、しばらく一人にしておいてくれ」

「陛下、あの声がきこえませんか？　あの、国民たちの大歓声が！」

「ワーッ！」

「サガリン大王ばんざーい！」

サガリン王は、しかたなく、ベランダに立ち、手をふります。

しかし、その顔色はすぐれず、目には光がありませんでした。

二十・祈り

――怪京アデリン大神殿――

サガリン大王は、女神ホウリンに、祈りました。

「ホウリンさま、偉大な母、万物の創造主、全能者、かしこき女神ホウリンさま。ありがとうございます。そしてごめんなさい」

ホウリンが雲にのってあらわれました。

サガリンは、言いました。

「ホウリンさま、わたしと幻妖国国民がいくつもの罪を犯してきたにもかかわらず、わたしと国民たちを愛し続けてくださって、ほんとうにありがとうございます。そして、こたびのいくさのことは、まことに申しわけありませんでした」

ホウリンは、言いました。

「こんどの戦争は、自衛のためとはいえ、いくつもの悲劇を生みました。今後はできるかぎり、戦争のたねをまかないように努めなさい。また、罪を犯さないようにしなさい。戦争のない、みなが笑顔でくらせる世界、それがわたしの願いです」


そして、ホウリンは消えました。


「お母さま……」とサガリンはつぶやきました。

それは偉大な母、ホウリンのことでしょうか。

それとも、亡くなった心の弱いルナリン女王のことでしょうか。

わたしには、わかりません。

二十一・ひとりになったマリリン

森の中の別荘に住んでいるマリリン。

彼女は、石材商《せきざいしょう》にたのんで、人間の青年に化けたアクンバの小さな石像をつくって、しらほね川の川岸に立てました。

石像に一冊の本を供えるマリリン。

『幻妖聖典《げんようせいてん》——アデリン著』

「アクンバ、あなたに本を読むよろこびを知ってほしかったわ」

手をあわせるマリリン。

猫人《ねこびと》のくに　幻妖国

第四部　アデリンの生涯

はじめに

これは地球の地下にある、妖怪世界の『幻妖国』という七つの島からなる島国のはなしです。

この妖怪世界は、『ホウリン』という、それは美しい女神がつくったのです。

幻妖国には妖怪たちと、地上から来た人間たち、そして、この島の先住民「猫人族」が住んでいます。

猫人は、人間のように立って歩く猫で、とても頭がよくことばをしゃべります。

そして、背中につばさがあり、空を飛ぶことができます。

これからはじまるのは、昔、猫人が幻妖諸島に「猫人王国」（幻妖国）という、国をつくっていたときの物語です。

一・アデリンの誕生

今からおよそ七千年前のことです。

幻妖国の屋根といわれる仙人山脈。そのふもとの大きな森に、小さな村がありました。

山猫村です。その村の近くの一軒家に、ある若い猫人の夫婦が住んでいました。夫はアロリンといい、狩りの名人でした。妻はエリリンといい、村一番の美人で、とてもやさしく料理の名人でした。

いつも、アロリンが山へ行ってとってきたウサギ、シカ、イノシシなどをエリリンが、おいしく料理して、妖怪もちといっしょに食べていました。

二人とも貧しいけれど、いつも女神ホウリンに感謝して暮らしていました。

ある初夏の朝のことです。アロリンは、いつものように、弓矢と弁当を持って、一人で山へ狩りに出かけました。

山の空気はさわやかでした。森の中をアロリンが歩いていくと、ウサギたちが親しげによってきました。

アロリンは、いつも逃げていくウサギたちの態度にビックリしました。

狩りというのは、逃げていくえものを仕留めるからいいのです。これではとても狩りなどできません。

仕方なくえものがとれず、家へ帰ったアロリンは、エリリンが山でとってきた山菜とキノコと妖怪もちを二人で食べました。

それから三日後、近くの森の中で七千年に一度咲くという妖精ユリの花が咲きました。

近所の病人たちも、ことごとくやまいが快方に向かいました。

アロリンは言いました。

「なあ、エリリン。おれは何かすばらしいことがおきそうな気がするんだ」

「あたしもそう思うわ、あなた」

しばらくして、ある日エリリンは、

「あなた、赤ちゃんができたわ」と言いました。

「そうか、おれたちの赤んぼうが生まれるんだな！」と二人は喜びました。

それから二ヶ月ちかくして、ある夏の日、エリリンは五匹のかわいらしい仔猫を生みました。

（猫は、二ヶ月で仔猫が生まれるのです）

その中に、金目銀目のとても美しいメスの仔猫が一匹いました。

金目銀目（オッド・アイ）とは、片目が青く、片目が黄色い猫のことです。青い目のほうの耳はきこえません。そういう猫が、まれにいるのです。両目が青い猫は、両耳がきこえません。

二・聖者クモリンの予言

仔猫たちが生まれて三日め、クモリンが訪ねて来ました。

クモリンは、猫人の聖者です。雪のようにまっ白なひげを胸までたらした、それはありがたいすがたの聖者です。猫人たちにとても尊敬されていました。

「エリリン！　クモリンさまがみえたぞ」

と、アロリン。

「まあ、クモリンさまが！　何か料理しなくちゃ」

「だめだ！　お前はまだ寝てなきゃ」

クモリンは、エリリンと五匹の仔猫の様子を診ました。

（クモリンは医者でもあり、ふしぎな力で医学ではなおらない病気をなおすことができるのです）

クモリンは言いました。

「大丈夫。母子ともに、健康じゃ」

「よかった！」

「ところで、この金目銀目の仔猫じゃが、この女の子は貴人の相が出ておる。この子は偉大な人、神の聖女と呼ばれる。何千人、何万人の猫人を救うじゃろう。わしより、偉大な猫人になる」

アロリンは、

「ええっ!?　そんな子をわたしたちが育てるのですか。おそろしくなりました。クモリンさま、あなたさまに育てていただくわけには、まいりますまいか」

「アロリン！　猫人にはだれでも、使命というものがある。この子たちを育てるのが、そなたたち二人の使命なのじゃ。わかったな」

「わかりました。それでは、クモリンさま、あなたにお願いがあります。この子たちの名づけ親になっていただけないでしょうか」

「ふうむ、そうじゃな。では、この金目銀目の仔猫は、アデリンと名づけるがよい。遣《つか》わされた人、という意味じゃ。どうじゃ、いい名じゃろう」

「アデリン！　いい名前ですね。クモリンさま、ありがとうございます」

ほかの四匹の仔猫は、
クリリン（オス）
ブクリン（オス）
シロリン（オス）
ミケリン（メス）
と、名づけました。
クモリンは、アロリンがすすめたシカの干し肉を食べて帰っていきました。

三・少女アデリン

さて、アデリンは幼い時から人一倍かしこく、生まれていくらもたたないうちから、しゃべったり歩いたりしました。

空も、飛べるようになりました。

小学校へ上がる前から、文字も覚えました。彼らが使う、古代マヤ文明の象形文字に似た、猫人文字です。

小学校に上がると、かしこいアデリンは、文字の意味を、逆に教師に教えるほどでした。

アデリンが生後半年ほどしたある朝、彼女がいつものように、一人で空を飛んで学校へ行くと、教師も生徒もだれもいなくて、しーんと静まりかえっていました。

仕方なく、家へ帰ったアデリン。

「どうしたの？　アデリン」

エリリンがきくと、

「お母さん、学校にはだれもいなかったよ」

エリリンは、

「おかしいわね」

と、言いました。

たまたま家にいたアロリンも、

「おかしいな」

と、言いました。

ほかの四人のきょうだい、クリリン、ブクリン、シロリン、ミケリンも帰ってきて、

「お母さん、学校にはだれもいなかったよ」

と、言いました。

エリリンは、

「どうしたのかしら。じゃあ、今日は休みなさい。みんなで森へ行って、ノネズミをとってきておくれ」

「はーい！」

アデリンたち五きょうだいは、森へ飛んで行って、ノネズミをたくさんとってきて、アロリン、エリリンと七人でなかよく食べました。

そのころ、村中が大騒ぎになっていたのを、森の中の一軒家に住むアロリン一家は、知らなかったのです。

四・王の帰還

さて、こちらは花のみやこ、怪京――

幻妖国の首都です。そこの港、怪京港へ一隻の船が着きました。りっぱなひげをはやした体格のいい、きらびやかな服を着たオスの猫人が、おつきの者といっしょに、おりてきました。

幻妖国の王、ガルリン二世です。

ガルリン二世は、りっぱな医者でもあり、となりの大陸のチーネリア国という国の医療の実態を、視察に行ってきたのです。

船をおりた王は、人面馬（かわいい人間の少女の顔をしたポニー）の引く馬車にのって、ルナリン宮殿に着きました。

（はじめてのわが子、ルナリンの名をつけた宮殿を、ガルリン二世が建てたのです）

「パパ、おかえりなさい！」

幼いルナリン王女が出迎えました。

「おお、ルナリン！　いい子にしていたか？　お土産に、チーネリアのマタタビ・アイスを買ってきたぞ」とガルリン二世。

美しい王妃、ミナリンも出迎えました。

「あなた、チーネリアはどうでした？」

「ああ、高度な先進医療でね、みんな教育をうけているし、幻妖国とちがって、まじないで病人をなおすと言って、金《かね》をだましとるような者は、ほとんどいないよ」

「チーネリアって、進んでいるのね」

話していると、側近のゲルリンがあわててやってきました。

「国王陛下、大変です！　山猫村でノネズミを食べた猫人が三百六十一人、死亡しました。未知のおそろしい伝染病のようです！」

「なんだって!?」

国王は、すぐ会議をひらきました。

「よし、全幻妖国民に通達！」

ガルリン二世は、ゲルリンに注意事項を伝えました。

「はっ、陛下！」

急いで出て行くゲルリン。

五・ノネズミかぜ

さて、こちらは、山猫村です。

「あー、今日もいい天気だわ。洗たくをしましょう」

猫人のおばさんが井戸ばたで洗たくしていると、空の上から、こんな声がきこえました。


「全幻妖国民に告ぐ！

山猫村でノネズミを発生源とする新しい伝染病があらわれた！

〝ノネズミかぜ〟と命名する　この病気のワクチンはない！

不要不急の外出はさけ屋内ではマスクを着用すること。

外出時は必ず防護服を着用すること。

食料を備蓄すること。

全国の小中学校はとうぶん休み。

そしてノネズミは絶対に食べたりさわったりしないこと！

以上、大幻妖国々王ガルリン二世」

猫人おばさんが空を見上げると、白い防護服を着た猫人たちが、メガホンを手に、空を飛びながら警告していました。猫人王国（幻妖国）の公務員でしょう。

おばさんは、咳が出て、倒れました。

六・アデリン救出

――怪京大学医学部付属病院――

この病院はたった今、山猫村から救出されたノネズミかぜ患者でいっぱいです。

クモリンとガルリン二世と助手たちが、防護服を着て治療にあたっています。

「フーッ、どうやら生存者は全員、小康状態じゃな」

ホッとするクモリン。

一人の助手が、やってきます。

「クモリンさま！　山猫村に一家族、まだ取り残されているそうです！」

「なんじゃと！　それは誰じゃ!?」

「猟師の七人家族で、父親はアロリンというそうです」

「アデリンが危ない！　あの子は特別な使命をもった猫人なのじゃ。よし、わしが今から助けに行くぞ！　待っておれ、アデリン！」

クモリンは助手と二人で防護服を着て、医療器具の入ったカバンを持ち、空を飛んで山猫村へ向かいました。

村の大地におり立つ二人。

村には、猫人たちの死体がたくさん、木になって横たわっています。

（猫人は、女神ホウリンがつくった木ぼりの人形から生まれたので、死ぬと、木にかえるのです）

クモリンたちは、森の中のアロリンの家へ行きました。

粗末な木戸をあけて中へ入る二人。

アロリンたち七人が倒れています。

「エリリン！　アロリン！」

クモリンは、夫婦二人をゆさぶります。

「死んでいる！」

四匹の仔猫も死んでいました。

「アデリン！」

クモリンがアデリンをゆさぶると、彼女は手を動かしました。

「生きてる！　生きてるぞ!!」

助手がこう言いました。

「どうしてこの子だけ生きていたのでしょう？　このおそろしいノネズミかぜウイルスの中で」

「アデリンは、われわれの常識を超えた猫人じゃ！」

二人はアデリンを連れて、怪京へ飛びました。

七・アデリン大夏島へ

怪京大学医学部付属病院に入院したアデリンは、順調に回復し、まぐろの缶づめや妖怪もちが食べられるようになりました。

クモリンは言いました。

「この子は、かわいそうな子じゃ。まだ幼いのに、ひとりぼっちになってしまって……。それに、なぜこの子があのウイルスの中で生きていたのか、研究してみる必要がありそうじゃ。どうじゃろう、暑い南の大夏島なら、ノネズミかぜのウイルスも少ない。あの島で、わしが、この手でアデリンを育ててみたい」

ガルリン二世も、

「クモリンさま、それがよろしいでしょう」と賛成しました。

ある晴れた朝、アデリンとクモリンは、怪京港から客船『大夏島丸』にのって、大夏島へ向かって出発しました。

八・南の島のアデリン

さて、大夏島の瞳《ひとみ》の港に、アデリンとクモリンは着きました。

島には美しいハイビスカスの花が咲き、ガジュマルの木がおいしげっています。アデリンが港の海をのぞきこむと、青や赤のきれいな熱帯魚が泳いでいました。二人は空を飛んで、小高い丘の上へまいおりました。

「ここが、わしのねぐらなんじゃ」

クモリンは、洞くつの入り口を指さして言いました。それから、アデリンはクモリンのもとでくらしはじめました。クモリンの洞くつの中は、とても涼しかった。

九・アデリン、修行を始める

あるとき、クモリンの洞くつへ、地上から迷いこんだ人間のむすめがやってきました。

むすめは、顔も体も、はれものだらけでした。まるでヨブのようで、どこに目があるのかもわかりませんでした。

クモリンは目を閉じて、むすめのひたいに手をかざし祈りました。

するとどうでしょう。みるみるうちに、はれものはなおって、すべすべの美しい肌になったではありませんか！

それは美しい十七、八歳の縄文人のむすめでした。

むすめは、クモリンさま、どうしてあのおねえさんの病気はなおったのですか？」

「クモリンさま、どうしてあのおねえさんの病気はなおったのですか？」

アデリンは、ふしぎそうにたずねました。

「それはな、アデリン。わしは女神ホウリンさまから、ふしぎな力をいただいたのじゃよ」

「どうして、あたしにはできないのですか？」

「わしは長い間、きびしい修行をしたんじゃ」

「なぜ、修行をするのですか？」

「猫人や人間には楽をしたい、ほかの人より楽をしたい、という欲望がある。そういう欲望があるうちは、人を救ったりする人格はそなわらない。だから、そういうものを打破するために、つらい修行をするのじゃ」

「クモリンさま、弟子にして下さい！　あたしも修行がしたい！　教えて下さい。クモリンさまみたいに立派ないやし手になりたいんです！」

それから、アデリンはクモリンの弟子にしてもらい、二人できびしい修行をしました。

イバラの中を歩いたり、断食をしたり、息を止めたり、火の上を歩いたり、ホウリンの名を唱え続けたり（若いころのクモリンは、血を吐くまで唱えたそうです）、どこまでも二人で空を飛び続けたり……。

十・ガルリン二世の死

さて、こちらは幻妖国の本土・幻妖本島の花のみやこの怪京大学医学部付属病院です。幻妖国々王で医者のガルリン二世は、助手たちとノネズミかぜワクチンを開発し、やっとできたワクチンを、国民に打つことにしました（はじめは老人、医療従事者から）。ノネズミかぜウイルスの少ない、大夏島にもワクチンが届き、クモリンとアデリンも打ちました。

ガルリン二世は、

「やれやれ、やっと全幻妖国民にワクチンを打ち終わったぞ。しかし、特効薬はまだない。わたしはどうなってもいい。早く特効薬をつくらなければ」

まじめでやさしいガルリン二世は、ノネズミの死体を調べたり、いろいろな動植物を研究したりして、不眠不休でノネズミかぜの特効薬の研究にいそしみました。

そして、ついに特効薬ができました。

ノネズミかぜの特効薬は、『ホタルタケ』という、暗いところで光るキノコの胞子からできるのです。

特効薬は、『ホタルン』と名づけられました。

「やった！　とうとう特効薬ができたぞ！　ついにやった！　……ゴホン、ゴホン……ゲボッ！」

ガルリン二世は、血を吐いて倒れてしまいました。

「陛下！」

助手たちがかけ寄りました。

ガルリン二世も、ノネズミかぜに感染してしまったのです。

幻妖国中の優れた医者が治療にあたりましたが、ガルリン二世は亡くなりました。

十一・ガルリン二世の国葬

「パパ！　エーン、エーン……」

幼いルナリン王女と弟のキヨリン王子は、木になった国王ガルリン二世の遺体のそばで泣きました。

「あなた！　ああ、なんてこと……ルナリンもキヨリンもまだ幼いのに……」と、元王妃ミナリンも泣きながら言いました。

ガルリン二世の国葬が行われ、遠い南の島、大夏島のクモリンとアデリンも参列しました。

クモリンは、アデリンにこう言いました。

「悲しいのう、アデリン。偉い王じゃった。しかし猫人にも人間にも、誰でも使命がある。王が亡くなったのは、使命を全うしたからじゃ。猫人も人間も、人が生まれたときは喜び、死んだときは悲しむが、これを逆にしてはどうじゃろう。人が生まれたときは、これから何が起こるかわからんのじゃし、亡くなったときは、その人が何を成しとげたかわかるからのう」

大夏島へ帰ったアデリンは、ガルリン二世の絵を描いて小さな額に入れて、ハイビスカスの花をつんで供えて、王の冥福を祈りました。

さて、ここは怪京のルナリン宮殿です。

「ええっ!?　あたしが女王に？」

ルナリンは、ビックリしました。

「悲しんでばかりいてはいけません、ルナリン。代々猫人王家では、王のはじめての子どもが王位をつぐきまりです」

ミナリン元王妃は、ルナリン王女に言いきかせました。ルナリンは全幻妖国の女王となり、戴冠式が行われました。ルナリンは生後五ヶ月、まだ小学生でした。

十二・しっぽを切られた仔猫

さて、こちらは暑いあつい南の島、アデリンの住む大夏島です。

小アマゾン川という川が流れています。

その上流に、地上から迷いこんだ縄文人たちが数十人、竪穴住居の小さな村をつくって住んでいました。

この大夏島は、一年中暖かく果物も魚もどっさりとれますから、猫人にとっても、人間にとっても、とても暮らしやすいのです。

あるとき、人間が干物にしようとして干してあった魚を、村に迷いこんできた一人の猫人の子どもが、そうとは知らず、食べてしまいました。

「この泥棒猫め！」

それは、縄文人の大男でした。

大男は、仔猫を捕まえて、ねじふせました。

「ミャーオ！　ミャーオ！」

「やめて！　お父さん、何をするの!?」

そう言ったのは、クモリンにはれものをなおしてもらったむすめでした。

「おれがせっかくとった魚を盗み食いしやがって！　こうしてくれるわ！」

「ギャーウ！」

大男は、仔猫のしっぽをナイフ形石器で切り落としてしまいました。

十三・アデリンの奇蹟

「クモリンさま！　助けてくださーい！」

「なにごとじゃ!?　女よ」

しっぽを切られた仔猫を抱いたおかあさん猫人が、クモリンのところへやってきました。

「この子は、人間にしっぽを切られてしまったんです」

「いたいよー！　いたいよー！」と泣く仔猫。

アデリンは、

「まあ、かわいそうに！」と言いました。

「よし、アデリンよ、この仔猫をお前の力でなおしてみろ！」とクモリン。

アデリンは心からかわいそうに思い、血が出ている仔猫の傷口に手を当てて、女神ホウリンに祈りました。

するとどうでしょう！　仔猫のしっぽが、ニョキニョキと生えてきたではありませんか！

すばらしい奇蹟です！

「アデリン！　よくやった」

クモリンも、ほめました。

仔猫のおかあさんは、何度も頭を下げてお礼を言いました。

大夏島の猫人たちは大騒ぎ。

「アデリンさま！　みんなの救い主だ！」

猫人たちは、今にもアデリンを女王に祭りあげようといういきおいです。

十四・女王ルナリンの使者

やがて、アデリンは大人になりました。

ある時、クモリンのもとへ、花のみやこ怪京から、女王ルナリンの使者が来ました。

女王の側近のゲルリンです。

ルナリンの母、ミナリンもはるばるやってきました。

もう一人、中年のオスの猫人がきました。その人はこう言いました。

「クモリンさま、はじめまして。わたしは、怪京大学医学部付属病院の院長、マルリンです。さて、本日おうかがいしましたのは、ほかでもありません。クモリンさまに、お願いがあってやってきたのです。近ごろ、みやこでは精神病が増えてしまって、大変なことになっています。複雑化した社会でのストレスからくる、うつ病や統合失調症、神経症、アルコール依存症、薬物依存症など、さまざまな心のやまいの患者で、首都・怪京はあふれかえっています。つきましては、クモリンさま、お力になっていただけないでしょうか。ぜひ、クモリンさまのお力で、病んでいるみやこの猫人たちの心をいやしていただきたいのです」

「わたしからもお願いします」とミナリンも言いました。

クモリンは、

「よし、怪京にのぼってひと働きしましょう。……アデリン！」

「ハイ！　お師匠さま」

「わしは、みやこの病院へ心のやまいの猫人たちをいやしに行く。お前は、この島に残って、たった一人でこの大夏島の猫人たちを救ってやれ！」

「そんな！　わたしはクモリンさまのかわりなどできません！」

「ばか者！　お前はそれでもわしの弟子か！　やってみろ！　お前にはホウリンさまからいただいた大いなる力がある！」

十五・クモリン、都へ行く

クモリンがみやこへ旅立つ日のことです。

クモリンは一つの鉢と一枚の僧衣を、アデリンのもとへ持ってきました。

「アデリンよ、この鉢で毎日顔を洗って、ご飯を食べなさい。これはお前の洗面器、そして食器じゃ。そしてこのボロきれが、お前の着物じゃ。夏も冬もこれを着て過ごしなさい。……さあ、着てみろ」

アデリンは僧衣を着て、鉢をかかえ、スッと立ち上がりました。

「立派じゃぞ、アデリン！　これからは、お前はわしの弟子ではない。今日からは、わしの友じゃ！」

大夏島の瞳の港から、花のみやこ怪京へ向かう船、『大夏島丸』にクモリンは乗船し、「さらばじゃ！」のひとことを残して、心を病んでしまった猫人たちを救うために出発しました。

十六・アデリン、説教を始める

さて、ここは大夏島の小アマゾン川です。

ある日、アデリンのもとへ大勢の猫人や妖怪が集まってきたので、アデリンは川面《かわも》に浮かぶオオオニバスという大きなハスの葉の上に座って、口を開き、彼らに教えて言いました。

「どんな時も、女神ホウリンさまを信じて、ホウリンさまを大切にしなさい。そうすればホウリンさまが安全に守ってくださいます。ばかな人にかぎってホウリンさまの教えをばかにします。思い上がって、自分の知恵をあてにしたりしてはいけません。どんな時も、ホウリンさまを第一にしなさい。祈ってごらんなさい。ホウリンさまが、どうすればよいのか教えてくださり、それを成功させてくださいます」

十七・女河童ネネ

それからのことです、アデリンのもとへたくさんの猫人、妖怪、人間たちが相談に訪れるようになったのは。

ある時、小アマゾン川に住むネネという女河童が、アデリンのところへやってきました。

ネネは、日本の利根川の伝説にある、ネネコ河童の先祖です。

ネネコ（祢々子）とは女河童ですが、暴れ者で関東中の河童の親分でした。

ネネは、河童とは思えない美しい女の子でした。

栗色の長い髪、目がパッチリしていてまつ毛が長く、にっこり笑うとまるで人間のむすめのようにきれいでした。

ネネは、アデリンに言いました。

「アデリンさま、相談したいことがあります。わたしの母は、村一番の物持ちでしたが、ふとしたことから重い精神病にかかり、なおらないまま死んでしまいました。わたしは自分も母のように精神病になってしまうのではないかと、心が不安でたまらないのです。アデリンさま、わたしを安心させてください」

アデリンは、言いました。

「その不安な心というのを、ここに出して見せてみなさい。安心させてあげましょう」

「……出そうと思っても出せません。心には、かたちがないのです」

「それがわかれば、安心したはずです。かたちがないものに、悩みがあるはずはありません」

ネネは「なるほど」と納得して、「精神病恐怖症」がすっかりなおってしまいました。

そして、アデリンの弟子になりました。

十八・人魚姫ミミ

ある時、アデリンのもとへ一匹のウミガメがやってきました。

ウミガメは、こう言いました。

「アデリンさま、わたしは海の底に住む人魚姫の母、赤人魚の使いです。赤人魚は、アデリンさまにぜひ相談したい、しかし、人魚は地上には来られないので、どうかアデリンさまに海の底の宮殿まで来てほしい、と申しております。お願いします、アデリンさま。宮殿までおこしください」

「わかりました。まいりましょう」

アデリンがそう言うと、ウミガメは背中にアデリンを乗せて、海の中へ入っていきました。

やがてアデリンは、海の底の竜宮城のような人魚姫の宮殿に着きました。

「お待ちしておりました。アデリンさま」

それは人魚姫の母、赤人魚でした。

彼女は、海でとれたいろいろなごちそうとお酒を出して、

「さあ、どうぞ召し上がってください」と、すすめました。

「ありがとうございます。しかし、わたしはお酒は飲みません」

「それは、失礼しました」

アデリンは、熱帯魚の舞い踊りを見ながら、食事をしました。

「それで、ご相談があるそうですが?」

アデリンがたずねます。

「ハイ、わたしのむすめ、人魚姫のミミのことで……。ミミは、世界一の美女と評判の、人魚なかまの女優です。毎日、たくさんの男妖怪や、人間の男の方から花束をいただいて、へやに飾る場所がないくらいです。けれどもミミはもう三百歳（人間で言えば三十歳）になるのに、世界中の紳士の妖怪から求婚されても〝わたしは世界一金持ちで、世界一美しく、世界一アタマがよく、世界一力持ちの男でなきゃ、結婚しない！〟と言うのです。うちのむすめは、自分の美しさをハナにかけているのです。アデリンさま、あなたさまのこ

とも〝なによ、アデリンなんて、人気取りの物乞《ものご》い女じゃないの〟と、ハナでせせら笑っているのです。どうか、むすめミミの目を覚まさせてやってください」

「わかりました。しばらくお待ちください」

大夏島の洞くつへアデリンは帰りました。

まもなくアデリンから赤人魚のところへ、小包が届きました。

それは、一枚の手鏡《てかがみ》でした。

アデリンからの手紙には、

「これをミミさんへあげてください」と、書いてありました。

ミミがその鏡を受け取って自分の美しい顔をうっとり見ていると、鏡に映った自分はだんだん老けていって、中年の太ったすがたになり、やがてしわだらけになって、歯がなくなって死んでしまいました。

ミミは、ビックリしました。

それは、未来の自分が映る鏡だったのです。

その鏡を見た人魚姫のミミは、若さや美しさというものがいかにはかないものかがわかり、アデリンの弟子になりました。

ミミは、日本の八百比丘尼《やおびくに》の伝説に出てくる人魚の先祖です。

八百比丘尼とは、ふとしたことから人魚の肉を食べて、年を取らなくなり、八百歳まで生きた人間の女性です。

こうして、アデリンのもとには、つぎつぎに弟子が集まってきました。

アデリンは、その中から十三人を選び、女神ホウリンのことを話してきかせ、かつてアデリンがクモリンといっしょにしたようなきびしい修行をさせ、やまいをいやす力をさずけました。

十三人の弟子の名前は、次の通りです。

サチリン（女医）
セイリン（看護師）
アイリン（介護士）
マキリン（詩人）
サナリン（哲学者）
※以上はみな、メスの猫人です。

ルカリン（医者）
サイリン（猟師）
ヨハリン（漁師）
アナリン（農夫）

モクリン（作曲家）
※以上はみな、オスの猫人です。
マギ（土器の作り手・人間の男）
ネネ（女学生・河童）
ミミ（女優・人魚）

十九・ノネズミかぜ終息

その頃になると全幻妖国民に、偉大な国王ガルリン二世がつくったノネズミかぜの特効薬『ホタルン』がゆきわたり、おそろしい感染症は収まり、妖怪世界は落ち着きを取りもどしました。

猫人や妖怪たちは防護服を着なくてもよくなり、屋内でもマスクを取りました。

街では、ノネズミの丸焼きや天ぷらなど、ノネズミを使った料理も食べられるようになりました。

二十・クモリンとの再会

さて、ある朝、アデリンが鉢で顔を洗っていると、洞くつの外から、「アデリン！」となつかしい声がきこえました。

外に出てみると、クモリンと女王ルナリンの側近、ゲルリンが立っていました。

アデリンは、思わず、「クモリンさま！」と叫びました。

「おお、アデリン。久しぶりじゃのう。元気か？」

「ハイ、クモリンさまもお元気そうで」

「アデリンさん、わたしは女王陛下の側近、ゲルリンです。わたしのことをおぼえていますか？」

「ハイ」

「アデリンさん、今、幻妖国は大変なことになっています。犬人国が攻めてきたのです。すぐに指導者が招集されましたが、ご承知の通り、わが幻妖国には決して戦争をしてはならないという、女神ホウリンさまのきびしいおきてがございます。会議を開いた結果、アデリンさん、あなたの力をお借りするしかないということになったのです。急を要することですので、たいへん恐縮ですが、あなたさまのつばさで空を飛んで、怪京までおこしいただけないでしょうか」

「そういうことなんじゃ、アデリン。わしからもたのむ」とクモリンも言いました。

「わかりました。まいりましょう」

アデリンは首都・怪京にのぼる決心をしました。時にアデリン一歳（人間でいえば二十歳）の夏のことでした。

アデリンとクモリン、ゲルリンは三人でどこまでも空を飛びました。

そして、とうとう花のみやこ怪京の『影の広場』におり立ちました。

二十一・犬人国来襲

――それから先は『猫人のくに　幻妖国　第二部』をお読みいただければわかるとおり――


ルナリン宮殿に到着したアデリンは、女王ルナリンに会い、女神ホウリンに祈ります。現われたホウリンは、猫人たちに戦うようにすすめます。

猫人王国（幻妖国）政府は、軍隊を創設し犬人国と戦います。

途中、女王ルナリンが犬人兵に誘拐されますが、猫人軍は犬人軍を撃破します。

幻妖国を救った偉大な猫人の英雄、ダヤリン将軍は、犬人軍の大将ケンガイとの決闘で勝利しますが、死にかけた犬人兵が放った吹き矢で命を落とします。

しかし、そのすぐあと、一つ目の人のくに一目国と、大きな人のくに巨人国と、女の人ばかりのくに女人国が、同盟をむすんでわが幻妖国に宣戦布告します。

いまだかつてない危機でした。

ルナリン女王はただちに会議を開きます。

降伏もやむをえないということになりますが、そこへアデリンが現れ、彼女が全能者である女神ホウリンにおうかがいをたてることになります。

幻妖国の最南端、尻尾岬に飛んだアデリン。一目国と巨人国と女人国の大艦隊が海のかなたからやってきます。

アデリンが女神ホウリンに心をこめて祈ると、海底火山が噴火して、敵艦隊は全滅します。

戦勝国の女王となったルナリンは、宮殿で戦勝祝賀パーティーを開き、アデリンを招きます。

女王ルナリンはアデリンに、「ほうびをたくさんやる、わが幻妖国の七つの島のうち一つをやるから、一生宮殿で自分のそばにいてほしい」と言います。

アデリンは、「わたしは貧しくとも清らかなところで静かに祈って暮らしたい」と断り、ルナリンのもとを去り、南の楽園大夏島へ帰ります。

ルナリン女王は会議を開き、アデリンが生まれた年を、幻妖紀元元年とすることに決定します。

二十二・一目国の復讐

――それから先は、『猫人のくに　幻妖国　第三部』にある通りですが――

その頃から、猫人たちはアデリンの名によって祈るようになります。

そして、一目国による領海侵入が多発。

アデリンが怪京を去ったことを悲しんだ女王ルナリンは、酒におぼれ、若くして亡くなります。国葬が行われ、南の大夏島からアデリンも参列します。

女王ルナリンの息子、サガリン皇太子は、全幻妖国の王となり「アデリン神殿」とアデリンの像を建設します。

アデリンは大夏島で、病人、障害者、孤児、老人、そして弟子の猫人となかよく暮らしていました。

精神病の猫人少女をいやすアデリン。

さて、怪京大学に国中からホウリン教の神学者が集まり、アデリンは神か猫人か論争した結果、彼女は神ではない、猫人の天才だ、というコロリンという学者の説が正しいことになります（コロリン論争）。

元日に神殿で祈る大王サガリンの前に現れた全能の女神ホウリンは、「わたし以外の神をつくるな」と怒ってアデリンの像を壊してしまい、また、外国からの侵略があると警告します。事態を重くみたサガリン大王は、増税し、天下無敵の防衛軍をつくりあげます。

幻妖国の最南端、尻尾岬に一目軍が来襲。

幻妖国防衛軍が戦いますが、敵の秘密兵器の前に苦戦します。

首都・怪京を火の海にする一目軍。

しかし、故国をうらぎって、自分の命を犠牲にする一目兵アクンバと、一目人の嫌う音波を出す仔猫用変質者撃退笛『キッズ・ガード』の発明者猫人女性マリリン、そして『キッズ・ガード』を吹き鳴らした全国の仔猫たちの活躍により、猫人軍は一目軍を撃破します。

戦勝国の王となったサガリン。

しかし、神殿で女神ホウリンに祈るサガリン王は、戦争で多くの犠牲を出し、純粋な心を持った仔猫たちを戦争に巻きこんでしまったことを後悔し、ひたすら女神ホウリンにわびるのでした……。

二十三・クモリンの死

ある静かな夏の午後、アデリンは大夏島の森の木かげで、ハンモックを吊って、ヨコになり、妖怪の本を読んでいました。

そばでは、かわいらしい人間（縄文人）の視覚障害の十五、六歳のむすめが、幻妖国の国歌を口ずさんでいます。

そこへ、一羽の伝書バトが飛んできました。

アデリンはすぐハトを捕まえて、手紙を読みました。マヤ文明の象形文字に似た、『猫人文字』で「クモリンキトク」と書いてあります。

「大変だわ！　急いで怪京大学病院へ行かなきゃ！」

アデリンは、つばさをひろげて大海原をどこまでも飛んで、怪京に向かいました。

夜になって、やっと花のみやこの怪京大学附属病院に着いたアデリン。

「クモリンさま、面会です。大夏島からアデリンさまが来られました」

メガネをかけた若い女性猫人看護師が取りつぎました。

クモリンは、ベッドに横たわっていました。

「おお、アデリン、よく来たのう」

「クモリンさま、おかげんはいかがですか？」

「肺炎でな。今夜がヤマじゃ」

「しっかりなさってください」

「いや、もうわしは助からんよ。……なあ、アデリンよ、わしの一生は猫人や妖怪、人間たちの病気をいやすことで終わってしまった。遊びもせず、酒も飲まず、恋も結婚もせず……。若い頃は、修行と勉学に明け暮れ、壮年になってからは患者たちの治療に明け暮れ、わしの人生は、何だったのじゃろう。猫人の歴史は、大昔から病気との戦いの歴史じゃった。おそらく、これからも永久に、この戦いは続くじゃろう。しかし、それでいいの……かも……しれん……」

クモリンはがっくりとうなだれて、口を利かなくなりました。ことされたのです。

「クモリンさまーっ！」

アデリンは、激しく泣きました。

後日、クモリンの葬儀が行われ、アデリン、サガリン大王、王の側近ゲルリン、怪京大学医学部付属病院の院長マルリンも参列しました。

大夏島へ帰ったアデリンは、画家に描かせたクモリンの絵にハイビスカスの花を供えて、手を合わせて、クモリンが天国へ行けるよう女神ホウリンに祈りました。

二十四・大ききん

やがて月日は流れ、その年の幻妖国では、一てきも雨が降らず、ひでりが続き、妖怪とうもろこしも、妖怪コーヒー豆も、そして猫人の主食、『妖怪もち』の原料、妖怪もち米も一つぶもみのらず、大ききんになってしまいました。

さて、こちらはアデリンの住む南の楽園、大夏島です。

神の聖女アデリンは、病人、障害者、孤児、老人、そして、弟子たちとともに、静かな涼しい洞くつで祈りの日々をおくっています。

島民たちはみんな、困り果てます。

「ああ。貯蔵してあったノネズミのくんせいも、魚の干物も、主食の妖怪もちも底をついてしまった。これでは全島民餓え死にだ。そうだ！　アデリンさまにお願いしよう」

島民（猫人、妖怪、人間）たちはアデリンのもとへ集まります。

「アデリンさま、どうかお救い下さい」

片目が青く、片目が黄色く、白いからだ、白いつばさ、オレンジ色の僧衣を着て、鉢をかかえた神の聖女たる猫人アデリンは、スッと立ち上がりました。アデリンは、こう言いました。

「皆さん、このひでりは、女神ホウリンさまのお怒りです。わたし一人の力ではどうにもなりません。国中の住民が心を一つにして祈れば、ゆるしてくださるかもしれません。わたしからサガリン大王に手紙を書きます」

アデリンは、和紙に墨と筆で、古代マヤ文明の象形文字に似た猫人文字で手紙を書きました。そして、飼っている伝書バトに手紙を持たせて、

「怪京のルナリン宮殿のサガリン国王陛下……」と言って、飛ばしました。

さて、こちらは海のかなた、花のみやこ怪京のルナリン宮殿です。

一羽の伝書バトが飛んできます。

サガリン大王へ神の聖女アデリンから、一通の手紙が届いたのです。

「女神ホウリンさまを愛する親愛なるサガリン国王陛下へ。この大ききんは、わたしたち

大夏島の住民も困っています。幻妖本島の方たちもお困りのことと思います。八月七日午前十時、皆でいっせいに祈りましょう。アデリン」

やがて、八月七日午前十時が近づいてきました。

全幻妖国のホウリン教礼拝所に猫人が集まります。

北の果て、大雪島の猫人たちも、怪京大学の神学者たちも、医師たちも、もちろんサガリン大王も、怪京市長も、七十七人の大臣も、四十人の長老も、病院に入院している猫人も、病室から祈ります。

そして南の果て、大夏島のアデリンと仲間たち弟子たちも。

十時！

怪京の時計台が時を告げます。

アデリンは、大夏島の小高い丘の上で祈り始めます。

「おお、女神ホウリンよ。偉大な母、万物の創造主よ。全能者よ。優しき女神よ。どうか、わたしたちをあわれんで、お救いください」

猫人たちは、みんな「ホウリンさま！」と祈りました。……一時間もたったころでしょうか。一人の猫人が叫びました。

「雪だ！」

白いものがたくさん、フワフワと降ってきます。

「なんてことだ！　こんな暑い南の島に、しかも真夏に雪が降るなんて！」

猫人たちは叫びました。

ヤシの葉に雪のようなものが降りつもります。

「これは何だ……」

ヤシの葉にネバネバした白いものがつもっています。一人の猫人が、指ですくって食べてみます。

「もちだ！　妖怪もちだ！」

猫人たちは、ワーッと大喜びして、どんぶりや鍋を持ってきて、妖怪もちをみんなで拾い集めて食べました。

アデリンは言いました。

「皆さん！　妖怪もちは、一人一日一升ずつ拾い集めなさい。その日のうちに全部、食べなさい。翌日に残しておいてはいけません」

大人の猫人も仔猫も、おなかいっぱい食べました。それは、蜜《みつ》の味がしました。

こうしてアデリンは、大ききんから全幻妖国を救ったのです。

空から降ってきた妖怪もちは、『妖怪マナ』と呼ばれ、伝説になりました。『マナ』というのは、旧約聖書に出てくるイスラエルの神さまが空から降らせたという、パンのような食べもののことです。

女神ホウリンが、なぜ怒って雨を降らせなかったのかは、わたしにもわかりません。神のなさることは、猫人や人間には、わからないものなのです。

二十五・アデリン、終末を予告する

ある時、アデリンは弟子たちと海を渡って、幻妖本島、怪京近くの『愛のピラミッド』を訪れました。妖怪世界には、たくさんのピラミッドがあり、中でも愛のピラミッドは、黄金の化粧石でおおわれたもっとも美しいピラミッドとして知られています。

妖怪世界は地下深くにありますから、太陽の光は届きませんがたくさんのピラミッドから出る光とエネルギーによって、妖怪世界の住民は元気で生きているのです。

アデリンの弟子のサイリンが言いました。

「なんとすばらしいピラミッドでしょう！　超古代猫人文明はなんとすぐれていたのでしょう！」

しかし、アデリンは、

「この大ピラミッドも、こっぱみじんにくだけてしまう時がくるのです」と言いました。

「なんですって!?　それはいつです？」

「今からおよそ七千年あとの時代です。そのころの少し前から、世界に変動があります。あちこちで火山が火をふき、地震や戦争があるでしょう。ききんがおこり、伝染病がはやるでしょう。地上の人間たちが、おそろしい兵器をつくるでしょう。太陽のような光がきらめき、きのこのような雲が立ちのぼり、あらゆるものを焼きつくす兵器です。人の心はすさみ、親が子どもを、子どもが親をあやめるでしょう。ホウリン教の聖職者がエビのテンプラのようなはでなころもを着て、りっぱな家に住み、なまぐさものを食らい、酒を飲み、たばこを吸うでしょう。聖職者も信者もかたちだけ祈りますが、心のこもっていない礼拝をするでしょう。わたしがアデリンの生まれ変わりだ、と名のる者が大ぜいあらわれて、猫人たちを惑わすでしょう。しかし、うろたえてはいけません。そんな時代に、わたしはまた帰ってくるのです。あなたたちの未来の子どもたちに、わたしが今日、語ったことをきかせてあげなさい」

アデリンと弟子たちは祈って、女神ホウリンをたたえる歌をうたうと、船に乗って、南の大夏島へ帰りました。

二十六・アデリンの十二戒

歳月は流れ、アデリンは老猫になりました。彼女は、弟子たちと、病人、障害者、貧しい人たち（猫人、妖怪、人間たち）とともに、大夏島の洞くつで、静かに祈ったり、『幻妖聖典』という、この妖怪世界の天地創造から幻妖国の歴史、詩、アデリンの半生のこと、未来の予言などを記録した本を書いたりしてくらしていました。

ある夜、女神ホウリンが夢にあらわれて言いました。

「竹刀山に登りなさい。あなたに伝えたいことがあります」

アデリンは布のカバンに『幻妖聖典』と、水の入ったひょうたん、弁当などをつめて、杖をついて、たった一人で竹刀山に登ります。お昼ごろ、やっと彼女は頂上に着きました。

空の上から美しい女の声がしました。

「アデリンよ、あなたに木の板をさずけます。猫人たちにそれを伝えなさい」

頂上に大きな桜の木があります。

空は晴れているのに、イキナリ雷が桜の木に落ちました。

木は十二枚の板になって、地に散らばりました。

その板に、見えない神の手が書くように、つぎつぎに文字があらわれます。

一　わたし、ホウリン以外の神をおがんではいけません。

二　神、仏の像をつくってはいけません。

三　元日は安息日だから、いっさいの仕事を休みなさい。

四　お父さん、お母さんを大切にしなさい。

五　戦争、死刑をふくめて、なかまを殺してはいけません。

六　恋は真剣にしなさい。遊びの恋をしてはいけません。

七　人のものやお金を盗んではいけません。

八　私利私欲のためのうそをついてはいけません。

九　人間が使う文明の利器を欲しがってはいけません。

十　人間になりたいと思ってはいけません。
十一　病人、障害者、老人、女性、子どもには親切にしなさい。
十二　守れない約束をするのはやめなさい。

「……これらのことはみな、必ず守らなければいけません。おきてを破った者は必ずつばさを切り落として、島流しにしなくてはいけません」

　ホウリンはそう言いました。

　アデリンは腹を立てて言いました。

「ホウリン！　あんたはいつも、一方的に命令をくだすだけね！　だれだってあやまちをすることはあるし、人間になりたいと思うことだってあるわよ！」

「だれにむかってそんな口をきく！　それでもわたしの子どもかっ！　もともとお前たち猫人は、わたしがつくった木彫りの人形じゃないの！」

　ホウリンは、顔をまっかにして怒りましたが、気持ちを落ちつけて言いました。

「わたしはこの妖怪世界をつくった全能の女神ホウリンです。あなたたち猫人が、おきてさえ守っていれば、必要なものは何でも与えましょう。けれどもあなたたちが、おきてを破ったら、また、いつかの大ききんの時みたいになってしまいますよ。そんなのイヤでしょう？」

「わかりました。ごめんなさい。おゆるし下さい。ホウリンさま、偉大な母よ。これからはおきてを必ず守るようにします。そして猫人たちにも言ってきかせます」

ホウリンは、

「わかれば、いいのですよ」と言いました。それっきり声はきこえませんでした。

アデリンは、竹刀山のいただきで、女神ホウリンをたたえる歌を歌いました。

母なる　女神　ホウリンよ
あなたは　誰より　美しい
偉大な　女神　ホウリンよ
あなたは　誰より　愛らしい
かしこき　女神　ホウリンよ
あなたは　誰より　あでやかだ
やさしき　女神　ホウリンよ
あなたは　誰より　うるわしい

歌い終わったアデリンは、水を飲み弁当を食べて、下山しました。自分の洞くつに着いたのは、夕ぐれ時でした。

アデリンは、古代中国風の青銅でできたみこしをつくり、十二枚の木板を納めました。

そのみこしは、『ホウリンの箱』と名づけました。今でも、ホウリンの箱は、大夏島の

『聖アロリン礼拝堂』に安置してあります。

二十七・アデリン、ついに倒れる

歳月は流れ、アデリンは四十五歳になりました。猫にしては、とても高齢です。

あいかわらず、洞くつで病人や障害者、老人、孤児、貧しい人、そして弟子の猫人たちと祈りの日々を送っています。

ときどき、ふしぎな力で病人をいやしています。

ある時、アデリンは一匹のオスの仔猫を連れて、山おくの沼へ行きました。

「うわー、おいしそうな魚だ！」

仔猫は、沼で泳いでいる魚を取ろうとして、一生けんめい沼の水に手を入れますが、なかなか取れません。

アデリンは沼のほとりの草むらに座って、仔猫を見てほほえみ、たてごとをひきながら、歌を歌いました。

飲めや歌えの　大さわぎ
今夜は　ミャオリンのお祭りだ
おれはとら猫　狩人のせがれ

きみはくろ猫　祭司のむすめ
だけど　そんなの関係ない
今夜は　ミャオリンのお祭りだ
飲めや歌えの　大さわぎ
（ミャオリンとは、猫人という意味です）

アデリンがたてごとの音色に酔いしれている時です。

「あーっ！」

仔猫が沼に落ちてしまいました！

「助けてーっ！」

溺れる仔猫。

「たいへん！　この子は泳げないんだわ！」

アデリンは、ころもを着たまま沼に飛びこんで、必死になって泳ぎ、やっとの思いで仔猫を助けました。

年を取ったアデリンは、具合が悪くなりました。なんとか自分の洞くつまで仔猫を抱いて歩いて帰りますが、洞くつの入り口で倒れてしまいました。

「アデリンさま！」

弟子たちがかけよって助けましたが、アデリンはそれから床について起きられなくなってしまいました。

弟子のサチリンが彼女の脈をとります。

弟子のマキリンが言いました。

「サチリン、どうです、アデリンさまのご容態は？」

女医のサチリンは、

「残念ですが、もう長くはないでしょう」と、悲しそうに言いました。

（サチリンは怪京大学医学部を出た才女で、三匹の仔猫のお母さんですが、若々しく美しく、まるで未婚の娘のようでした）

二十八・サガリン王、大夏島へ

こちらは花のみやこ、怪京のルナリン宮殿です。サガリン大王は朝、起きたばかりで、トーストとカラスのたまごの目玉やきを食べています。

窓の外で、バサバサと鳥の羽根の音がしました。サガリン大王が窓を開けると、一羽の大きなハトが飛びこんできました。

「これは、アデリンさまの伝書バトだ！」

手紙を読む大王。

「アデリンさまがキトクだ！　ゲルリン、すぐ大夏島へ出発の用意だ！」

「はっ！」

側近のゲルリンが、急いで船を手配します。客船・大夏島丸は怪京港を出港。大夏島へ向かいますが、途中、嵐がきてしまいます。

大波にゆさぶられる大夏島丸。

サガリン王は、

「だめだ！　これでは間に合わん！　ゲルリン、わたしは自分のつばさで飛んで、大夏島まで行く！」

「陛下！　何をおっしゃるのです！　嵐がきているのですよ！　それに、大夏島までは何百キロもあります！」

「やむをえん、ゲルリン、わたしは、行くぞ！　それっ！」

サガリン大王は、嵐の中をたった一人で、どこまでも飛んでいきました。

大暴風雨と雷の中を飛んでいくサガリン王。

「あっ、とうとう島が見えてきたぞ！」

水平線にうかぶジャングルだらけの大夏島。島の丘の上におり立つサガリン王。

雷がゴロゴロと鳴って、サガリン王のそばの木に落雷、木が燃えはじめました。『クモリン洞くつ』の入り口が見えました。

「アデリンさまーっ！」

雨でびしょぬれのサガリン王は、洞くつに転がりこみます。

「おお、陛下！」

　横たわるアデリンのまわりにいた弟子たちは、サガリン王にひざまずきます。サガリン王は、こう言いました。

「アデリンさまですね!?　わたしが幻妖国国王サガリンです。あなたさまのことは母のルナリンからきいております」

「おお、サガリン王よ、あなたは一目国の侵略からわが国を救った偉大な王ときいております。遠いところ、嵐の中をよくいらっしゃいました。寝たままで失礼します」

「アデリンさま、さっそくですが、ぜひ怪京へおこし下さい。みやこには、優秀な医者がたくさんおります。あなたさまの命を救うことができるかもしれません」

「サガリン王よ、わたしはもう四十五歳になりました。わたしたち猫人の平均寿命をはるかに超えています。わたしは、さわがしいみやこよりも、この大夏島の大自然の中で、最期を迎えたいのです」

「しかし、アデリンさま！」

　その時、アデリンの弟子の女医サチリンが言いました。

「陛下、アデリンさまの命はもう、五本の指で数えるくらいの日にちしかもちません。どうか、おひきとり下さい」

「……わかりました。アデリンさま、それでは！」

　やがて、大夏島の瞳の港に大夏島丸が着き、サガリン王はその船に乗って、みやこに帰りました。

二十九・アデリンの死

それから三日後の朝のことです。アデリンはわずかな蜂蜜を食べ、水を飲むとこう言いました。

「ホウリンさまが、わたしのところへきなさい、とおっしゃっている。サチリンや、わたしを死者の森へ連れていっておくれ」

「死者の森ですって!? アデリンさま、あそこは大夏島の島民の墓場ではありませんか！」

「あたしを誰だと思ってるの？ 自分の死ぬ時ぐらいわかるわよ。あたしは今日、死ぬわ」

「……わかりました、アデリンさま」

サチリンはそう言うと、もう一人の弟子、セイリンと二人で、タンカに乗せてアデリンを『死者の森』へ連れていきました。

『死者の森』は大夏島のジャングルの一角にある、うっそうとした広大な森です。

死んだこの島の猫人たちのしかばねの木が、どこまでもどこまでも生い茂っています。

木の下の三畳くらいの空き地に、アデリンはタンカをおろしてもらいました。

彼女の弟子たち、病人、障害者たち、孤児、老人、貧しい猫人たち、あらゆる妖怪、人間、生きものたちが、悲しそうに集まっています。

しっぽからだんだん木になっていくアデリン。

「わたしが木になったら、木を伐り倒して、火で燃やして灰を小アマゾン川に流しておくれ」とアデリン。

弟子のサチリンが言いました。

「アデリンさま、あなたさまがいなくなったら、何をささえに生きていったらいいのですか？」

アデリンは言いました。

「みことばを灯し火として生きなさい。わたしの一生のことも、幻妖国の歴史も、わたしが〝幻妖聖典〟にまとめておきました。あなたたちが続きを書き続けるのです。この世に幻妖国があるかぎり。さようなら」

アデリンは、みるみるうちに大木になりました。そして、それっきり口を利かなくなりました。

弟子たち、病人、障害者、孤児、老人、貧しい猫人たちは皆んな泣きました。

猫人たちだけではありません。あらゆる妖怪、人間、けものたちも泣きました。鳥、爬虫類、虫たちも、涙は流さないけれど、悲しそうに体をふるわせていました。

三十・アデリン、天国へ

その頃、アデリンは広大な砂漠を、どこまでもどこまでも歩き続けていました。

あたりにはまっ白な霧がたちこめています。

「ここはどこかしら？　こんな砂漠は、大夏島にはないはずだわ」

アデリンは、ぼんやりした意識の中で考えました。

「ああ、そうだ……ここは妖怪世界の天国の入り口なんだわ」

向こうから、馬に乗った人の影が近づいてきました。

「誰かしら……」

その人は、霧の中から現れました。

それは、白馬にまたがった美しい女神ホウリンでした。

「ホウリンさま！」

アデリンは、思わず叫びました。

ホウリンは、にっこりほほえんで言いました。

「わたしは、万物の創造主、全能の女神ホウリン。アデリンよ、あなたを迎えにきました。わたしがいる所に、あなたの家を用意しておきました。さあ、わたしと一緒に行きましょう」

「はい」

「アデリンよ」

「なんでしょうか？」

「あなたは自分で予言した通り、今から七千年たったら下界に帰って、皆を救わなければなりません。それまでわたしと一緒に楽しく暮らしましょう」

「わかりました。ありがとうございます」

「さあ、わたしの後ろに乗りなさい……それっ！」

　アデリンは、女神ホウリンが乗っている白馬の後ろに乗せてもらって、天国へのぼって行きました。

三十一・アデリン葬送曲

　さて、こちらは地底世界の幻妖国は大夏島です。アデリンが天国に着いた頃、彼女のお葬式が行われていました。

　女医サチリンをはじめとするアデリンの弟子たちがいました。女河童ネネもいました。人魚姫ミミもいました。

　そして偉大な幻妖国国王サガリンもきていました。亡くなったルナリン女王の弟、キヨリン殿下もいました。何代にもわたって王の側近をつとめているゲルリンもいました。コロリンをはじめとするホウリン教の聖職者たち、病人、障害者、孤児、老人、貧しい猫人たち、その他さまざまな猫人、妖怪、人間たち、けものや鳥、爬虫類、虫たちも集まっていました。

皆の見守る中、アデリンの弟子の女医サチリンと、同じく弟子の詩人マキリンが、大木になったアデリンのしかばねを、斧で伐り倒し火で燃やしました。

もうもうと立ちのぼる煙。

その煙を一同は見上げつつ、詩人マキリンと作曲家モクリンがつくった歌を歌って、アデリンと最後のお別れをしました。

天にかえった　アデリンよ
あなたの姿は　見えないけれど
あなたは　われらとともにいる
天に　のぼったアデリンよ
あなたのお声は　きこえぬけれど
あなたは　われらとともにいる
「多くの日ののち　終わりの時に　わたしはふたたびかえってくる」と
あなたは　きかせてくれました

猫人《ねこびと》のくに　幻妖国

第五部　幻妖創世記

一・宇宙のはじめ

はるかな昔、唯一絶対の創造神、世にも美しい女神ホウリンは、宇宙をつくりはじめた。

ホウリンが宇宙をつくりはじめたとき、宇宙はまっくらで何もなかった。

「銀河よ、かがやけ！」と、ホウリンが言った。

すると、無数の銀河が生まれた。

きれいな、赤や青や白、黄色、いろいろな色の銀河。

その一つが、われわれの銀河系。

その中の星の一つが、太陽だ。

「月と七つの惑星よ、かがやけ！」と、ホウリンが言った。

すると、月と七つの惑星があった。

ホウリンは、地球より先に月をつくったのだ。


「地球よ、生まれいでよ！」とホウリンが言った。

すると、地球が生まれた。

ホウリンは、十二ヶ月かけて、地球と地球の生きものをつくった。

地球は、はじめ一匹のくらげだった。

足が伸びたり、枝ができたりして、今のような地球になった。
月が満ち、月が欠けた。第一月だ。

地球は、混沌とした泥海だった。
「泥海はひとところに集まり、乾いた地があらわれよ！」と、ホウリンが言った。
そして、彼女は、巨大なスプーンで泥海をかき混ぜて、海と陸をつくった。
月が満ち、月が欠けた。第二月だ。

「地底世界よ、誕生せよ！」と、ホウリンが言った。
すると、地殻のすき間ができて、地底世界ができた。
「七つの島よ、生まれいでよ！」とホウリンが言った。
そして、彼女は七つの石を拾って、地底世界の東の海に投げ入れた。
すると、七つの島からなる島ぐに幻妖国になった。
最初にできたのが、ホウリンが初めて地底にやってきた『神島《かみしま》』。
二番目は、すべて金《きん》でできた『黄金島《こがねじま》』。
三番目は『極楽島《ごくらくじま》』。
四番目は『地獄島《じごくじま》』。
五番目は、北の果ての『大雪島《おおゆきしま》』。

六番目は、南の果ての『大夏島《おおなつしま》』。

そして、最後は、一番大きい『幻妖本島《げんようほんとう》』ができた。

月が満ち、月が欠けた。第三月だ。


女神ホウリンの命令は、さらに続いた。

「海は、あらゆる種類の魚と生きもので、いっぱいになれ！」

そのようになった。

月が満ち、月が欠けた。第四月だ。


「地上は、あらゆる種類の草と木でおおわれよ！」と、ホウリンが言った。

そのようになった。

月が満ち、月が欠けた。第五月だ。


「地上には、両生類と恐龍や、いろいろな爬虫類が生まれいでよ！」と、ホウリンが言った。

そのようになった。

月が満ち、月が欠けた。第六月だ。

「空には、さまざまな種類の鳥が飛びまわれ！」と、ホウリンが言った。

そのようになった。

月が満ち、月が欠けた。第七月だ。

「地上には、新しいけものが現れよ！」と、ホウリンが言った。

そのようになった。

その頃は、まだ地球はフワフワしたくらげのようで、固まっていなかったので、恐龍やマンモスが大地を踏み固めた。

やがて大地が固まると、ホウリンはイン石を地上に落とし、恐龍やマンモスを滅ぼした。

月が満ち、月が欠けた。第八月だ。

「地上と地底には、いろいろな妖怪が現れよ！」と、ホウリンが言った。

すると、動物、植物、鉱物などから、いろいろな妖怪が生まれた。

月が満ち、月が欠けた。第九月だ。

「地上の日本列島には、山人をつくって住まわせよう」と、ホウリンは言った。

ホウリンは石を彫刻して、山人（山男と山女）をつくった。

月が満ち、月が欠けた。第十月だ。

「地上には、人間が生まれいでよ！」と、ホウリンは言った。

するると、猿たちから人間が生まれた。

ホウリンは、「産めよ、ふえよ、地上のあらゆる生きものと共存せよ。お前たちは、毛のない猿にすぎない。自分たちが地上の支配者だ、などとうぬぼれるな」と言って、祝福した。

月が満ち、月が欠けた。第十一月だ。

「さあ、最後に、猫人をつくろう」と、ホウリンは言った。

ホウリンは桜の木で、つばさのある猫の木彫りの人形をつくって、息を吹きかけた。

すると、猫人ができた。

ホウリンは、「産めよ、ふえよ、地底のあらゆる生きものと共存せよ。お前たちは、けものの一つなのだから、自分たちが地底の支配者だ、などと思い上がるな」と言って、祝福した。


さて、十二ヶ月、三百六十五日かけて、全能の女神ホウリンは、天地を創造し終えたので、三百六十六日めから三日間、仕事を休んで、これを聖なる日とした。

これが、正月のはじまりである。

二・変化《へんげ》の園《その》

唯一絶対の創造神、偉大な母、美しき女神ホウリンが桜の木でつくった、木彫りの人形から、猫人が生まれた。

猫人は、人間のように立って歩く猫で、とても頭がよく、ことばがしゃべれた。背中につばさがあり、空を飛ぶこともできた。

猫人は、真っ暗な地底世界に住んでいたので、目が見えなかったが、一種のカンで、食べもののありかがわかった。

自由につばさで飛びまわって、ノネズミや魚、果物をとって食べて、のんびり暮らしていた。年を取らなかった。

その頃は、メス猫一人だったが、さびしいとは思わなかった。

女神ホウリンは、「猫人が一人でいるのはよくない。協力者がいなければ」と言って、猫人の歯を引っこ抜いて、歯からオス猫をつくり、メス猫に与えた。

歯を抜かれた猫は、痛い、いたいと言って泣いたが、ホウリンは、

「猫人よ、これからもっともっとつらいことがあるのですよ。このくらいの試練に耐えられなくて、どうするのです！」と言った。

ホウリンは、メス猫を「ナミリン」、オス猫を「ナギリン」と名づけ、南方の『変化の

園』に住まわせた。

園には、あらゆる種類の美しい木が生えていた。静かな楽園だった。

地底世界は暖かく湿っており、真っ暗だが過ごしやすかった。

四つの川が流れていた。

第一の川は、『青蛇川《あおへびがわ》』で、そこにはダイヤモンドがあった。

第二の川は、『赤鳥川《あかとりがわ》』で、そこにはめのうがあった。

第三の川は、『白虎川《しろとらがわ》』で、そこには水晶があった。

第四の川は、『黒亀川《くろかめがわ》』で、そこにはこはくがあった。

女神ホウリンは、ナミリンとナギリンに、九十九日のあいだ結婚したり、おたがいにふれあったりしてはいけない、もし少しでもふれると必ず死ぬ、と警告した。

さて、ホウリンがこしらえた生きもののうち、くもがもっともずる賢かった。

くもは、ナギリンに話しかけた。

「それはほんとうなんですかい？　あなたたち猫人はゼッタイ結婚しちゃいけないって、ホウリンさまがおっしゃったっていうのは」

「そんなことないよ。結婚するのはちっともかまわないんだ。ただ、九十九日のあいだは結婚したり、それどころか、おたがいにふれあってもいけない、もし少しでもふれると、必ず死ぬ、とホウリンさまがおっしゃったんだ」

「へえーっ、ホウリンさまも人が悪いね。早く結婚すると、たくさんの子猫が生まれて、あなたたち猫人の王国を地底世界に築くことができて、ホウリンさまみたいになっちまうもんだから、おどしをかけるなんてさ」

そういわれてみると、ナミリンのからだはとてもいいにおいがするし、彼女の声も魅力的なので、ナギリンは我慢できなくなって、ナミリンを抱いてしまった。ナミリンも喜んだ。二ヶ月がたつと、七匹の仔猫が生まれた。

ある日のこと、ナミリンが赤ちゃん猫を一匹、おぶって歩いていると、

「ナミリン！　ナミリン！」と、ホウリンが呼ぶ声がきこえたので、ナミリンは岩のかげに隠れた。

「ナミリン、なぜあなたは隠れるのですか？」

「はい、赤ちゃんを背負っていたものですから」

「なんですって!?　さては、お前たちは結婚したね!?」

「は、はい。ホウリンさまが下さった、あの男が魅力的なので、つい……」

「おろかもの！　なんということをしたのです」

ホウリンは、罪を犯したくもと猫人を責めた。

「くもよ、お前は、あらゆる虫のうちで、最も嫌われる。お前はいつも、腹をすかせ、網を張って、えものを待ち続けなければならない。猫人たちよ、お前たちは今までは楽をし

て、おいしいものをたらふく食べ、年を取らず、死ぬこともなかった。しかし、これからはお前たちは汗水流して大地を耕し、妖怪もち米を育てて、妖怪もちをつくって食べなければならない。そして、ついには死ぬ。死んで、木に帰る。木からつくられたのだから、また木に帰る」

女神ホウリンは、メス猫ナミリンと、オス猫ナギリンを、変化の園から追い出すが、両目をあけてあげた。

そして、今でも幻妖国にある、光るピラミッドのつくり方を教えてあげた。

ナミリンとナギリンと七匹の仔猫は、協力して光るピラミッドを三つつくった。

地底世界は、ピラミッドの光に照らされ、明るく、暮らしやすくなった。

また、ピラミッドから出るなぞのエネルギーで、猫人や、あらゆる妖怪、生きものたちが、元気で暮らせるようになった。

二〇二三年五月二十七日　おわり

幻妖国関係史年表

紀元前

××××　女神ホウリン、宇宙を創造
××××　最初の猫人、ナミリン、ナギリン生まれる
八×××　ネコリン、幻妖国（猫人王国）建国、初代国王となる
八〇〇〇　ピラリン国王、太古日本にピラミッドを建造
八〇〇〇　日本超古代文明栄える
五〇〇〇　アデリン生まれる
五〇〇〇　ノネズミかぜ大流行
四九九九　犬人国来襲
四九九九　巨人国、一目国、女人国の連合軍が来襲
四九九六　サガリン、王となる
四九九五　一目国、再び来襲
四九九〇　幻妖国の大ききん
四九八五　アデリンがホウリンから十二戒板をさずかる
四九五五　アデリン没
四九××　怪京大震災

四九××　幻妖国が無頭国を征服
四九××　幻妖国がチーネリア国、バラケット国占領
二〇〇〇　大幻妖帝国栄える
二〇〇〇　幻妖国が中国、エジプトにピラミッド技術を伝える
二〇〇〇　ホウリン、ネロリン王と角力を取る
二〇〇〇　大幻妖帝国崩壊
〇六六〇　神武天皇が日本建国
〇四六三　釈迦生まれる
〇〇〇四　イエス生まれる

西暦

〇五三八　日本に仏教伝わる
一一五六　保元の乱
一一六五　讃岐院、大魔王となる
一四六七　応仁の乱
一五××　内川七兵衛（内川典久の先祖）幻妖国発見
一五四九　日本にキリスト教伝わる

一五九〇　千代姫生まれる
一五九六　豊臣秀吉の禁教令
一六一〇　千代姫とかくれ切支丹たち幻妖国へ向かう
一六三二　タマリン裁判
一六三三　猫人王国滅亡
一八六八　明治維新
一八××　日本陸軍のX大佐、幻妖国再発見
一九一四　第一次世界大戦
一九一×　地獄爆弾の戦い
一九四一　太平洋戦争開戦
一九四五　太平洋戦争終戦
一九六五　内川典久生まれる
一九××　タロリン、幻妖国の総理大臣となる
二〇二×　林田ケン、タイム・マシンを発明
二〇四五　アメリカの宇宙船クラーケン号でアンダーソン船長が人類初の火星着陸
二〇四五　火星獣（火星の生物）発見
二〇四五　米中戦争
二〇四五　アデリン、再び来る

河童と少女

一

ここは、河童伝説の残る静岡県の山おくです。

みずみずしいみどりの木々におおわれた、山々がたったいまできたばかりのようにこんもり、もりあがっています。太陽がギラギラかがやいています。

大きな川が白い竜のようにいきおいよく流れています。『白龍川』という川です。

今は、令和四年の夏まっさかりです。山のふもとのすいか畑のそばに、大きなわらぶきの家がありました。

源三《げんぞう》じいさんの家です。その家には、かわいらしい女の子がいました。

女の子の名前は、ゆいといいます。源三じいさんのたった一人の孫で、東京の小学校の三年生ですが、ゆいは、学校へ行けなくなって、おじいさんのところへ遊びにきているのです。

二

あるとき、ゆいは、マスクをして座敷でゲームをしていました。おじいさんが、やっぱりマスクをして、縁側でわらじをあんでいました。

おじいさんは、手を休めて、お茶を飲んでいます。

「ゆい、ゲームばかりやってないで、たまにはわしのはなしをききなさい」

「だって、やめられないんだもん」

「それじゃ、きりのいいところで」

ゲームがおわると、ゆいは、おじいさんのとなりにすわりました。

「さあ、わしが裏の畑でとってきたすいかじゃ」

「わあ、おいしそう！」

二人はなかよくならんで、すいかを食べました。

おじいさんが、言いました。

「あの日も、こんな晴れて、暑い日じゃったなあ。わしは、若いころ河童を見たんじゃ」

「かっぱ？」

ゆいは、目を丸くしてききました。

「ああ、川の妖怪じゃ。わしが二十歳ぐらいのころ、白龍川でな。川べりの大きな岩の上にメスの河童がこしかけて、ワインを飲んでおった」

「河童って、どんなものなの？」

ゆいは、ふしぎそうにききました。

「子どもぐらいの大きさでな、頭に〝さら〟というくぼみがあって、水が入っとる。そのまわりに短い髪の毛が生えていて、口にはくちばし、手足には水かきがあるんじゃ。そして、背中には甲らがある。きゅうりとか、なすとか、夏野菜が好きでな、角力《すもう》をとるのが大好きなんじゃ。生けすの魚を盗んだり、馬を川に引きずりこんだり、悪いこともするが、命を助けてくれた人間には、お礼に新鮮な魚をくれたり、秘伝のきずぐすりのつくり方を教えてくれたりするんじゃ」

「ふーん、河童って、こわいけどいいやつなんだね」

「いや、ゆい、河童に出会っても、決して近づいちゃいかんぞ。河童は、やっぱり妖怪じゃからな」

「わかった」

源三おじいさんは、広告の紙の裏にボールペンで河童の絵を描いてくれました。

ゆいは、河童のすがたが目に焼きついて、夜になってふとんに入っても、おそくまで、ねむれませんでした。

三

ある晴れた日、ゆいは一人で白龍川へ行きました。

すると、岩の上で、おじいさんが描いてくれた絵とそっくりの河童が、悠然と釣りをしていました。

ゆいはこわごわ声をかけました。

「あんた、河童？」

「そうさ。おれ、川五郎っていうんだ。お前は？」

「あたし、ゆいよ」

「今、はぜ釣りしてんだ。お前にも教えてやるよ。さあ！」

ゆいは、川五郎に教えてもらって、いっしょにはぜを釣って、川べりで二人で焼いて食べました。

「おいしいな！」

「うん」

ゆいは、リュックサックから小さな紙袋を出して、川五郎に差し出しました。

「これ、お礼」

「なんだい、これ……パンに、肉がはさんである」

「ハンバーガーだよ」

「ハンバーガー？」

目を丸くする川五郎。

「おいしいよ。さあ、食べて」

川五郎はハンバーガーを、

「うまい、うまい」と言って食べました。

「ありがとう、ゆい！」

「こちらこそ、ありがとう。川五郎」

二人は、なかよくなりました。

ゆいは、こう言いました。

「ボーイフレンドじゃないけど、川五郎は、あたしの友だち以上だよ！」

「なんだい、ボーイフレンドって？」

「恋人みたいなものだよ」

川五郎は、赤くなって、

「ませてるな、お前！」と言いました。

「お前はどこから来たんだい？」

「あたし、この先のおじいさんの家に遊びに来てるの」

「そうか、じゃあ、おれに会ってることは、じいさんにはないしょだぞ。また、会おうな！」

「バイバーイ！」

それから毎日、ゆいはおじいさんにないしょで、河童の川五郎に会いに、白龍川へ行きました。

ゆいは、だんだん川五郎に泳ぎを教えてもらって、二人で川にもぐって、魚をとったりするようになりました。

四

ある大雨の日のことです。

「これじゃ、今日は川五郎に会いに行けないな……」

ゆいが、座敷で夢中になってゲームをしていると、彼女はコテンと畳の上に倒れてしまいました。

「ゆい、どうした!?」

おじいさんが、ゆいを助け起こしました。

そして、ゆいのおでこに手を当てます。

「ひどい熱だ!!」

源三おじいさんは、すぐにスマートフォンで救急車を呼びました。

ゆいは、S市総合病院の内科に運ばれました。もちろん、おじいさんが付き添っています。

病院の看護師さんが、熱を計ります。

「39度8分です！」

ビニールのテントのようなところで、ＰＣＲ検査をしました。

「陰性です」

ゆいは、汗びっしょりになって、ベッドで寝ています。

おじいさんは、内科医のはなしをききました。

「お孫さんは、コロナでもインフルエンザでもかぜでもありません。なぜ熱があるのか、わたしにもわかりません。解熱剤を出しておきますから、おうちでようすを見てください」

おじいさんとゆいは、タクシーで雨の中をわらぶきの家まで帰りました。

五

二、三日して、ゆいは少し熱が下がって、起き上がってお茶づけが食べられるようになりました。
おじいさんは、こう言いました。

「ゆい、このごろお前は毎日、どこかへ行っとったな。いったい何をしとった？」

ゆいは、初めておじいさんに河童の川五郎と出会って、遊んでいたことをはなしました。

「ばかもん！　河童には決して近づいてはいかんと言ったはずじゃぞ。ゆい、お前は河童にみいられたんじゃ。河童は、やっぱりばけもんじゃからな」

おじいさんは、奥座敷の大きな仏壇の前にすわると、チーンとおりんをたたき、阿弥陀さまとご先祖さまのいはいに手をあわせて、仏さまに供えてあったご飯を下げて、

「さあ、ゆい！　このご飯を食べなさい」

ゆいは、仏さまのご飯を食べました。

「ゆい、河童にさよならを言ってこい！」

「ええっ!?」

「ゆい、河童と別れなければ、お前は助からんぞ。さっさと行ってこい！」

六

ゆいは、仕方なく、白龍川のいつもの場所へ行きました。

岩の上にすわっていた川五郎。

「ハロー！　川五郎」

ゆいは喜んで声をかけました。

ところが、河童の川五郎の目には、人間の女の子のゆいの両目が、きらきら光っているように見えるのでした。

「ゆい、お前、仏さまのご飯を食べてきたな。それじゃ、もう、おれはゆいと遊ばないよ。さよなら」

川五郎は、岩の上から川の中へジャボンと飛びこんで、それっきりすがたを見せませんでした。

ゆいは、泣いて、泣いて、大泣きしておじいさんのところへ帰りました。

七

おじいさんは、晩ご飯にゆいの大好きなオムライスをつくってあげました。

「ゆい、さびしいかもしれんが、わしらは人間。河童は妖怪。住む世界がちがうんじゃ。縁がなかったと思ってあきらめろ」

ゆいは、泣きながらオムライスを食べました。

それから毎日、ゆいは川五郎のことが忘れられず、物思いにふけっていましたが、街の図書館にかよって河童の伝説のことをしらべたり勉強を始めました。

今でもゆいは、図書館にかよっています。

二〇二三年四月十日　おわり

妖怪について

妖怪は、かつては「もののけ」、「へんげ」（変化）ともいわれ、子どもだけでなく、大人も、その存在をまじめに信じていた。

妖怪は、幽霊とちがい、動物、植物、器物、自然物、人間が化けて姿を変えたものなどの総称である。

（もっとも、妖怪と幽霊がわけて考えられるようになったのは、明治時代からである）

妖怪は、決して子どものマンガやアニメ、ゲームなどに登場するキャラクターのようなものばかりではない。

神代《かみよ》の大昔から言い伝えがあり、文献にもみられ、現在でも目撃者は数多くいる。また、各地の寺社などには、妖怪のミイラといわれるものも、たくさん残されている。

ところで、人間の精神は、脳という物質の中で生じる単なる現象なのだろうか。

いや、現代の科学では明らかになっていないけれども、目には見えないが霊魂があり、人間の死後も存在している可能性はあると思われる。だとすると、動物、植物、器物、自然物等にも、たましいが宿っているとかんがえるのが自然である。

だいたい、妖怪が有史以前から伝わっているのに対して、科学が発達してきたのは、まだ三百年ほどである。

妖怪や幽霊を、「非科学的だ、迷信だ」のひとことで片付けてしまうのは、あまりにも傲慢《ごうまん》である。

わたしは、妖怪は昔から伝説があること、文献があること、日本にも海外にも目撃者がいること、各地に妖怪にまつわる遺物や遺跡が残っていること、などから考えると、妖怪は、存在しない可能性より、存在する可能性のほうが高い、と考えている。
　思いつくままに筆を進めてきたが、まったくの素人の考察なので、この辺で、筆をおくことにする。

二〇二二年十一月一日　おわり

猫の妖怪について

一・ことばをしゃべる猫

人間のことばをしゃべる猫については、江戸時代の『耳袋《みみぶくろ》』という本の巻の六に出ている。

寛政七（一七九五）年の春に、江戸牛込山伏町（東京都新宿区市谷山伏町）のある寺で、だいじに飼っていた猫が、ハトを狙っていたので、坊さんが声を出して、ハトを逃がしてやった。すると、猫が「残念だ」（うむ、残念なり）と、人のことばで言ったので、坊さんはおどろいて、小柄《こづか》をぬいて、猫を追いかけて、台所でつかまえて、

「お前は、けもののくせに人間のことばをしゃべるとは奇怪至極、今に化けて、人をたぶらかすだろう。なぜしゃべれるようになったのか、わけを言え！　でないと、殺生戒《せっしょうかい》（生きものを殺してはいけない、という仏さまのおきて）を犯してでも、お前を殺すぞ！」と言うと、猫は、

「ことばをしゃべる猫は、わたしだけではありません。十年以上生きた猫は、たいてい、しゃべれます。十五年生きると、変化《へんげ》（化けること）の力もつきます」と答えた。

坊さんは、

「お前は、まだ、飼ってから十年もたたないじゃないか！」と言うと、猫は、

「わたしは、きつねと猫が結婚して生まれた子だから、としをとらなくてもしゃべれるの

です」と言った。

坊さんは、

「それじゃ、許してやるから、決して人前でしゃべるなよ」と言うと、猫はしきりにおじぎをしていたが、外に出るともどってこなかった。

もう一つ、巻の六には、こんな話がある。江戸番町（東京都千代田区一番町あたり）のある武士の家では、いくらネズミがふえても、決して猫を飼わなかった。

そのわけは、祖父の代から飼っている猫が、庭先にきたスズメをとりそこなって、子どものような声で、「残念」と言ったので、主人が、火ばしをつきつけておどすと、

「わたしは、何も言ったおぼえはありませんよ」と、猫が言った。猫はすきを見て、逃げ出し、もどってこなかった。

それから、武士は「猫は魔性のものだ」と思うようになり、飼わなくなったという。

平成四（一九九二）年四月の読売新聞には、飼い猫が、「ごはん！」と言って、要求した、という記事がのった。

二・つばさのある猫

つぎは妖怪というより、ＵＭＡ（未確認動物）だが、一九〇五年、イギリスの天文雑誌、

『ザーカムブリアン・ナショナル・オブザーバー』三十五号に、ノースウェールズ・ポントサイシルトの学校の上空を、つばさの生えた巨大な猫が飛んでいくのが目撃された、とのっている。

これはヨーロッパだけで、日本やアジアでは目撃されていないそうだ。

一九三三年の『ザ・デイリー・ミラー』の六月九日付では、サマースタウンで、大きいくろ猫で、つばさの生えたものがとらえられた、という記事がのった。

また一九六六年、カナダ、オンタリオ州アルフレッド村で、つばさの生えたくろ猫をうちおとした、という記事をハッキリしないが、写真もあわせて掲載している。

いかがでしたか？

人間のことばをしゃべる猫や、つばさがあって空を飛ぶ猫がいる、というのは決してありえないことではないのである。

世の中には、不思議なことがたくさんある。

不思議は、昨日も、今日もあり、明日も、明後日もつづくと思われる。

二〇二二年十二月十日　おわり

あとがき

私（内川典久）は一九六五（昭和四十）年、神奈川県横須賀市に生まれた。横須賀の片田舎にあった私の生家は比較的裕福なサラリーマン家庭であった。父（故人）は非常に勤勉で、庭いじりが趣味であった。父は私と四十三歳も年が離れており、太平洋戦争中は軍属として蘭領東インド（現在のインドネシア）へ行っていた。母（故人）は専業主婦だったが、書道が得意で師範の腕前だった。また九歳年上の姉（故人）がおり、非常に読書家で、多くの蔵書があったので私も借りて読んだ。姉は青山学院大学で学び、プロのマンガ家を目ざしたが、その夢は叶わなかった。小学校時代の私は成績優秀だったが、いじめにあい、中学一年の頃から精神を病み、不登校、家族以外の人と全く喋れなくなり、その状態は約三年間続いた。

月日は流れ、成人した私は、両親が精神科医に診せてくれなかったので、自ら東京のT大学病院・精神科を受診した。私は精神科病院に何度も入院した。また救いを求めて五つもの新宗教を転々とした。やがて両親と姉は病で世を去った。そして二〇二一（令和三）年、米海軍横須賀基地にほど近いアパートで一人暮らしをしていた私は、ある日突然右手と右足が動かなくなった。自分で救急車を呼んで入院した私は脳出血と診断された。車イス生活になった私はリハビリのためキリスト教の病院に転院し、そこで牧師のO先生と出会った。先生の誠実で大らかな人柄にうたれた私は、生涯イエス様に従って生きていこうと決意した。私は神奈川県厚木市に精神、身体、知的の三障害者が入居できるグループホームがあると聞き入居した。本書は、私がそのグループホームで思いつくままに書きつづったものである。

『猫人のくに　幻妖国』について

本作品の舞台となる地球の地下に広がる妖怪世界にある島国、幻妖国は私個人が創作した架空の国である。発想のもとには、日本神話における『黄泉の国』や宮沢賢治『ペンネンネンネンネン・ネネムの伝記』の『ばけもの世界』、J・R・R・トールキン『指輪物語』の『中つ国』などの異界がある。

また私はマンガ家・妖怪研究家の水木しげる先生の大ファンであり、大きな影響を受けた。本作品の中心となる幻妖国先住民「猫人族」は、江戸時代の古書『耳袋』に見える「言葉を喋る猫」と西洋の「翼猫」の目撃談から考案した。また私は幼少の頃から猫が好きで、自宅で飼っていた。「猫人族」は私と猫たちとのふれあいがなければ生まれなかっただろう。

『河童と少女』は日本古来の河童伝説をもとに少女ゆいと河童の川五郎（人間と妖怪）の交流を現代風に描いてみた。

『妖怪について』、『猫の妖怪について』は私の長年の妖怪研究の結果をまとめたエッセイである。

私は今、厚木の障がい者グループホームで優しい職員や入居者仲間と楽しく暮らしている。二〇二三（令和五）年、夏には教会で牧師のM先生からキリスト教（プロテスタント）の洗礼を受け、日曜礼拝に通っている。また週一回、リハビリデイサービスに通っている。精神と身体、両方の障がい者になり、中学も高校もろくに通えず、五十九歳の今まで働いてお金をかせいだことがほとんどなく、結婚もできなかった私だが、こんなにも優しい職員、入居者とめぐりあい、神の子としてスタートが切れたのは、幸せなことだと思っている（しかしパニック障害のようになり、一時読書も執筆もできなかったのは辛かった）。私は本書の巻末に、妖怪世界の地図を載せたかったが、事情があって割愛した。

本書の出版には文芸社の岡林夏さん、金丸久修さんにお世話になった。また出版費用の相談にのって下さった私の補助人（成年後見人）のYさん、いつも私の世話をしてくれている障がい者グループホーム施設長のTさん、前施設長のSさん、前々施設長のOさん、訪問看護師のSさん、私の主治医である精神科医のC先生、私の信仰の師である牧師のO先生、M先生、そして本書の自費出版のための費用をのこしてくれた天国にいる私の父に心から感謝する次第である。

二〇二四（令和六）年七月二十三日　著者　内川典久　しるす

著者プロフィール
内川 典久（うちかわ のりひさ）
1965年神奈川県で生まれる。
2023年キリスト教の洗礼を受ける。
猫と妖怪をこよなく愛する59歳。

猫人《ねこびと》のくに　幻妖国

2025年３月15日　初版第１刷発行

著　者　内川 典久
発行者　瓜谷 綱延
発行所　株式会社文芸社
〒160-0022　東京都新宿区新宿1－10－1
電話　03-5369-3060（代表）
03-5369-2299（販売）

印　刷　株式会社文芸社
製本所　株式会社MOTOMURA

ISBN978-4-286-26321-2